文字森林
READING FOREST

文字森林
READING FOREST

奪命炎上

俺ではない炎上

淺倉秋成——著
楊明綺——譯

好評推薦

「越是無形的東西，越容易將我們丟進未知的籃子，故事從翻開那一刻你就停不下來，每個伏筆都成為了蝴蝶效應。事件的起點，究竟是來自何處？你開始不只是想找出凶手是誰，你甚至也能嗅到言語惡毒的氣味，人們以鍵盤打下的字句沒有根據，我們都漸漸被便利的網路給支配，不再去用多元方式為自己尋找答案。

故事讓我們意識到，無意餵養關鍵字的措舉，能輕易讓一張照片、一個非事實的攀附，變成了傷害的養分，而無論現實或虛擬，小小的行為或言語，都有可能是關係崩壞的開始。」

——黃繭，作家

奪命炎上

俺ではない炎上

1 住吉初羽馬

這是真的。

直到確信這是真的為止，足足花了三十分鐘。劃上十字、烤得酥脆的吐司，用濾紙沖煮的咖啡都已涼掉，就連為了趕上第二節課，必須趕緊出門的事也不自覺地忘了。

初羽馬反覆點擊、滑動，感覺預感逐漸化為確信。

無論是網際網路的使用方法、不被假新聞欺騙的方法，還是分辨炒作與事實的方法，這些都是隨著使用電腦與手機的機會增加，自然就能學會的技能，而不是來自別人的教導。例如：只有標上一排排文字的 YouTube 影片、號稱短短幾天就能瘦身的神奇商品、標榜只要轉發就能賺錢的夢幻活動……若問初羽馬為何知道這些東西有問題，他也說不上來，就是覺得怪。就像隱約有股類似糞便的惡臭直衝鼻腔，即便噴灑除臭劑，加上芳香劑也掩蓋不了。

但這個——初羽馬直盯著手機畫面——社團朋友引用並評論「不覺得這個很像真的

嗎?」的這則推文,只被轉推二十六次,實在稱不上是熱門話題,說得白一點,根本登不上熱門搜尋關鍵字,但就推主只有十一位跟隨者來看,這樣的轉推次數確實不尋常:

血海地獄。果然和魚腥味什麼的不一樣,簡直臭斃了。影響食慾,這下子暫時食不下嚥了。

十二月十五日,晚上十點零八分——昨晚發的那則問題推文附了一張照片。

應該是夜晚的公園吧。雖然照片拍得很昏暗,看不太清楚,但因為遠處有微弱街燈和像是公廁的建築,所以初羽馬如此推測。照片下方有個女人躺在地上,臉部很模糊,但從短裙和洋溢青春氣息的淺藍色大衣來看,應該是十幾歲或二十幾歲的女子。敞開的大衣底下是白衫,腹部有一大片汙漬,看起來像是黑黑的墨汁,但是將手機畫面調到最亮時,赫然發現那是紅色的——血。滲出的一灘血液在地上凝結,沒看到凶器。初羽馬戰戰兢兢地試著放大腹部,無奈照片解析度馬上到達極限,但瞧著那馬賽克藝術般曖昧的紅黑輪廓,腦中隱隱約約浮現鮮明的傷痕。

嗚!有什麼東西湧上初羽馬的喉頭。移開視線後,瞥見涼掉吐司上面的發亮紅色草莓果醬，讓他不由得聯想到那畫面，再次移開視線。初羽馬對於暴虐之類的東西沒興趣，也無法忍受血腥影像、圖片，B級片就更不用說了，就連少年漫畫描繪的殘虐情節也會盡量避開。他對於這類圖像沒興趣，應該說，一點也不想看到。

即便如此，初羽馬再次被照片吸引，總覺得自己搞不好窺見什麼重大事件的端倪，況且目前只有二十六次轉推，或許是最初的最初，也就是發現火苗的階段。就像看到有人在路邊鬥毆，急馳而來的救護車停在面前時，那種要不得的興奮與臨場感，越看越覺得全身血液循環加速。

這則推文還有後續，如下：

已經用肥皂洗手了，根本還是很臭，人類可真是厲害。

最新的推文還附上一張感覺不到生命氣息的蒼白指尖照片：

如同表面上的意思，垃圾清掃完畢。要是第一個人也有拍照就好了，還在考慮要不要帶去「からにえなくさ」（Karanienakusa）。

雖然有些看不太懂的字，初羽馬卻不覺得這一連串推文是假的，也就是所謂的「釣魚文」。

帳號名稱是「TAISUKE@taisuke0701」，頭貼是置於草坪上的高爾夫球照片。自我介紹欄只寫著「最近想徵求高爾夫同好」這般簡單的文字，絲毫感受不到凡事都要上網貼文，極度沒品的自我彰顯欲望。如果說是那種臨時開個帳號，貼些內容刺激的推文後，又全部刪除的假帳號，也不太對，因為這帳號已經開立十年，實在不像是一時興起玩玩後又棄之不顧的帳號。

雖然舊推文不多，卻頗有生活感。帳號開立後不久，也就是十年前的推文，不但介紹了高爾夫球具，還徵求一起打球的同好；之後一兩年就沒什麼個人推文，只有偶爾想起似地轉推一些企業宣傳活動的抽獎貼文。

多少嗅得到這個人起初興致勃勃，後來發現社群平台與自己個性不合，也就漸漸只做些有實際利益的操作，這般再自然不過的人性反應。三個月前，總算發了久違的推文，內容非常簡單：

最近很煩躁，煩躁到爆。

正因為是短文，所以別具真實感。對於生活上的種種不滿已到了臨界點，必須宣洩才行，結果就是發了久違的推文。總之，不難想像這則推文背後有著這樣的故事。

初羽馬當然知道現在的修圖技術一流，就算照片拍得再怎麼逼真，也可能是加工過的。問題是，這麼不起眼的帳號又何必大費周章做假圖貼文？畢竟只有十一位跟隨者，擴散率太低，很難一舉成為熱門話題。再者，初羽馬覺得這張照片的構圖很糟，實在不怎麼樣。要說拿來騙人，卻感受不到任何想要把照片做得刺激聳動的念頭，明明是一張無比殘酷的照片，卻又過於低調。

初羽馬試著思索任何可能性，最後得出一個結論。

這位煩躁至極的推主因為某個理由真的殺了人，也真的拍了屍體照，然後上傳到社群平台。

不曉得是因為跟隨者少，所以不在乎，還是早就做好被炎上的心理準備。總之，這東西是真的。社團朋友肯定也是這麼認為才會轉推吧。

「不覺得這個很像真的嗎？」雖然這句話的口氣頗輕佻，但朋友並非那種頭腦簡單，喜歡轉貼可信度極低情報的人，他應該十分明白哪怕是些許言論，也會對自己的人生造成莫大影響。畢竟跟隨真偽不明的情報起舞，成為誹謗中傷別人的幫凶，到頭來吃虧的還是自己。

初羽馬的手指逐漸伸向轉推按鈕。

必須讓這起事件曝光——比起美好的正義感，內心更期待的是見證歷史的一刻，以及留下證明自己也參與過的虛榮心。轉推次數還停留在二十六次，如果轉推數上萬次，初羽馬應該會選擇無視，因為是過時的情報，所以沒必要跟風；但這次不一樣，自己的名字排在第二十七個。今後要是轉推上千次、兩千次，甚至一萬次、兩萬次的話，那麼這第二十七次轉推，就有了堪比發現新元素的價值。

初羽馬的跟隨者約莫千人，有同世代的女性，也有小有名氣的IT產業部落客。他不想被追隨者認為是沒常識的傢伙，總覺得直接轉推如此刺激的照片實在不妥，決定和朋友一樣加上評論：

〔閱覽注意〕總覺得這看起來不像是開玩笑，還是報警處理比較好。

發出貼文後，初羽馬立刻重看四遍，確認自己沒有不當引用推文。一眨眼，一個、兩個，按讚和轉推次數就像在塞滿沙子的沙袋上開了個洞般不斷溢出，彷彿自己開的店生意興隆，給了他莫大肯定似的，果然，決定轉推是對的。

結束一件工作而深感滿足的初羽馬抬起頭，發現時鐘的指針指著讓他心頭一驚的時刻。就在他趕緊將涼掉的吐司和咖啡塞進胃裡，抓起包包準備出門時，想起自己還沒梳整頭髮；在短鮑伯髮上抹些髮蠟之後，衝向停在停車場的黃綠色本田 Fit Hybrid。基本上，初羽馬都是搭電車上學，但在這種鄉下地方要是錯過一班車，就不曉得要等多久了。

「一個人在那邊生活，需要用車，爺爺買一輛送你。」

初羽馬一邊感謝爺爺買了這輛還算不錯的中古車，一邊發動引擎。遲到二十分鐘才偷偷溜進教室的他成功簽到。直到在校區的便利商店買午餐，推開社團教室的大門時，初羽馬早已忘了那則推文的事。

「初羽馬，那個不得了啊！超近的啦！」

「那個是什麼啊？」

「山縣泰介呀！」

「……誰？」

「啥？你沒追後續？就是你轉推的那個殺人犯啊！」

經朋友這麼一說，初羽馬趕緊點開X（Twitter），暫停的興奮感再次復甦。短短幾個小時，事態的發展令人無法置信。初羽馬收到大量按讚與轉推的通知，無奈腦子無法處理突如其來的情報，只好趕緊點進彙整情報的網站。

結果那則「血海地獄」的推文被轉推十一萬五千次，相當驚人。無庸置疑，已然陷入「炎上」的狀態。也就是說，有這麼多人相信這則推文是真的，既非開玩笑，也不是為了求名得利的惡作劇，極有可能真的是凶殺案。

事情鬧成這樣，肯定有人會拚命搜尋。這個帳號的推主，犯下如此惡行的畜生究竟是誰？就算一切只是巧妙的惡作劇，這麼做也很惡劣。在網路上散布劇毒的蠢貨是誰？世間的人們僅靠著一點點線索，試圖揭露「TAISUKE@taisuke0701」的廬山真面目。

最先被人肉搜尋出來的是拍照地點。

雖然這張照片拍得不是很清楚，但就連初羽馬也能判斷地點是在公園。問題是，被拍到的街燈、公廁及女子橫躺的地面，都沒有任何明顯特徵，所以無法鎖定是在哪裡拍的，至少初羽馬這麼認為。

應該是這座公園吧。雖然拍攝角度不太一樣，但公廁外牆和街燈的位置完全吻合。

徹底搜查全國從北到南的公園，再鎖定一處地方的做法實在不太可能，應該是有人偶然發現這座公園挺眼熟吧。總之，有人靠著些許情報便成功肉搜到地點。貼文者還附上谷歌的街景圖，證明兩張照片拍攝的是同一地點。在初羽馬看來，貼文者所指的公園確實是拍照地點，但弄清楚地點後，初羽馬又陷入另一種驚訝狀態。

「萬葉町……不就在這附近嗎？」

「所以我說超近的啊！」

雖然這座公園並非近在咫尺，但從初羽馬就讀的學校走個四、五十分鐘就能到。畢竟這裡是小城市，說是高級住宅區也有點怪，但萬葉町堪稱縣內數一數二的高級住宅區。初羽馬不難想像家家戶戶有著氣派大門、廣闊庭院，以及成排頂級房車的光景。

發生在雲端世界，應該說，發生在遙遠世界的凶殺案有了清晰輪廓，著實讓初羽馬心驚不已，不由得咬脣，全身發冷僵硬，迫使他暫時遠離手機畫面，確認房間的暖氣是否正常運作。

接著，又有網友肉搜到「TAISUKE@taisuke0701」的工作地點。

證據就是「自豪的高爾夫球袋」這則推文中一張十年前拍的照片，不知是誰眼尖發現掛在球袋上的鑰匙圈，印著「大帝建設：五十週年紀念品」這排小字。畢竟不是公司員工的話，很難拿到這種五十週年紀念品，所以推主是大帝建設的員工囉？就算不是，起碼也應該是與大帝建設有所往來的某企業員工。

這麼一來，肉搜目標自然鎖定離案發現場——萬葉町公園最近的大帝建設據點。果然，不久便查到大帝建設大善分社距離公園僅數公里，根據官網上刊載的情報，大善分社的業務部長就叫「TAISUKE」。

業務部長，山縣泰介。

官網上有他的全名和大頭照，以及簡單介紹：

我們以打造與當地居民建立密切關係的住家為目標。俗話說「衣食住，缺一不可」，我認為又以「住」最為重要。實現大家的夢想是大帝建設的使命，還請不吝賜教。

用詞老套卻不失溫情。山縣泰介最後以這幾句話總結：

我自己也住在大善市萬葉町，去高爾夫球場打球很方便，打從心底喜歡這座城市，讓我們一起打造理想的家吧。

撇開這一連串騷動不談，平心而論，山縣泰介這男人挺帥的，十足任職於知名建築公司的業務員模樣。一頭整齊的短髮相當清爽，長相也很端正，眼神讓人想起以往的知名演員，西裝筆挺合身，領帶的品味也不錯，從他任職的年資推算，年紀應該已經五十好幾，不過照片上的他看起來頗年輕，身材也保持得不錯，臉上掛著誠懇笑容，卻也感受得到他有話直說的堅毅性格。總之，散發出一股如果自己想蓋一間房子，應該會考慮交給他處理的氣場。

大帝建設、大善市萬葉町、高爾夫，還有他叫「TAISUKE」。

雖然可能性非常高，但還不能確定吧。然而，即使是比較慎重的人，當看到「TAISUKE@taisuke0701」之前的推文「院子裡的花開了」的庭院照片，和街拍照片中掛著「山縣」門牌的庭院景象一致時，也不得不確信——

那個帳號「TAISUKE@taisuke0701」的持有人，就是山縣泰介。

「你好，山縣泰介先生，你確定被逮捕了！」「山縣泰介先生的人生完結，紀念回覆，抱歉了。」「怎麼會覺得炫耀自己殺人還不會曝光呢？判他死刑吧。」

面對蜂擁而至的回覆，「TAISUKE@taisuke0701」不但沒有任何回應，還逃走似地刪除帳號。不少推友認為應該是自行刪除，而不是官方依規定強制刪除。這麼一來，因為個人資料曝光、焦慮地準備逃亡一說，更加提升這起事件的可信度。當然，刪除帳號不表示情報就此消失，早就有人熱心地截圖存檔，詳細記下該帳號的所有情報。「TAISUKE@taisuke0701」不會被遺忘，永遠不會被遺忘。

那麼，萬葉町公園那邊的情形呢？最重要的是，那具屍體現在在哪裡？難不成屍體是假的？

已經有幾位有閒又有行動力的 YouTuber 決定親赴現場調查報導，還有好幾個人向警方通報此事。此外，不斷有人推敲推文中那句「からにえなくさ」的謎般話語究竟是什麼意思，以上就是這起事件引發的騷動現況。

遲了好幾個小時才明瞭一切的初羽馬怔住，連買來的義大利麵沙拉包裝都忘了拆，他總算意識到自己出於好奇心、想刷存在感而轉推的「血海地獄」，不是什麼刺激話題，而是真實發生的悲劇。那應該不是合成照片，確實有位女子遇害，內心不該湧起的興奮感轉變成對於山縣泰介這個人的厭惡感。

「還沒被逮捕吧。」初羽馬喃喃自語。

「應該很快就會被逮吧。證據都這麼多了。」朋友回道。

「……有點過分啊。」

「就是啊！」

社團教室的門開啟，那位第二十六個轉推「血海地獄」的朋友走進來。兩人簡單打過招呼後，初羽馬問他是怎麼發現那則推文，朋友一邊用暖氣烘著凍僵的手，回道：

「我關注的雜學 Bot* 轉推的囉。雖然跟的人不多，但都會回覆。可能是偶然看到那則不妙的推文，想說轉推一下吧。我也不太清楚。」

原來如此。一掃疑惑的初羽馬這才察覺六名社員都到了，要準備開始名為「Lunch Session」的午餐會議。原本要討論的議題「輕視年輕人的選舉制度弊病」可以改天再談啊！初羽馬的腦中突然掠過這念頭。「機會難得，今天討論別的議題，如何？」沒人反對

* 編注：在網路上，Bot 帳號通常指的是自動化程式，即機器人帳號。這些帳號通常由程式管理，而不是由真人直接操作。Bot 帳號在 X 上可以用於各種用途，例如自動回覆特定類型的推文、定期發布更新，或引用特定的內容等。

組長初羽馬的提議。

利用高齡化網路的犯罪行為、殘虐行為。

在白板上寫下議題的初羽馬想起躺在地上的女子模樣。她生前是什麼樣的人？長什麼樣子？無法調查現況，就連籠統地想像都很困難，但只要那張照片不是山縣泰介的創作，就表示確實有個年輕女子死於非命，雖說是非親非故的陌生人，卻讓初羽馬覺得心情有點沉重，彷彿心裡缺了些什麼。腦中浮現女子的蒼白指尖，像要抓住什麼卻沒抓到似地彎曲著。她那沾著土的指尖想抓住什麼？未來的可能性？希望？憤怒？還是生命？這麼思忖的初羽馬內心燃起熊熊怒火。

至少要受到懲罰。

要他贖罪。

初羽馬瞧了一眼時鐘，中午十二點二十二分。今天是星期五，大多數人都在上班吧。工作中的山縣泰介又是什麼表情？笑容滿面地接待想要有間新房子的人嗎？當他得知自己的推文居然流傳得超乎想像的廣，應該會害怕吧？還是已經被逮捕了呢？

初羽馬再次用手機端詳山縣泰介的長相。

他發現，潛藏在誠實假面具之下的凶狠、異常與殘虐，正慢慢浮現出來。

即時搜尋關鍵字：山縣泰介
十二月十六日，中午十二點二十三分
過去六小時，共七一一二則推文

美雪媽媽☆育兒奮鬥中 @miyumiyu_mom0615

【求擴散】這帳號的推主暗示自己殺人。已經鎖定身分，應該馬上會被逮捕，住在附近的人多加小心。點開連結就能看到他的長相，要是見到這傢伙最好趕緊報警。

↓引用推文：【快訊】屍體照片貼文者身分曝光！本名山縣泰介，任職大帝建設，住在大善市

老頭三世 @jch_333

是覺得自己的惡行不會曝光嗎？也太瞧不起鄉民啦！還以為玩X的多是無腦年輕人，沒想到現在是上了年紀的人更無腦。

↓引用推文：【快訊】屍體照片貼文者身分曝光！本名山縣泰介，任職大帝建設，住在大善市

deji@dejiiin96

這個看起來有夠真，但聰明的傢伙還是先靜觀其變吧。雖然是引用別人彙整的情報，還是別牽扯上這種事比較好。

↓引用推文：【快訊】屍體照片貼文者身分曝光！本名山縣泰介，任職大帝建設，住在大善市

津羽美醬真心戀丸 @alalala_tsuwami

鄉民：「凶殺案！案發現場是萬葉町第二公園！凶手叫山縣泰介！大帝建設的員工！快逮捕他！」

警察：「嗯……我們會進行調查。」↓無能

2 山縣泰介

「難得是海景樣品屋，所以設計成度假風。」

夏天來這裡的話，確實有度假氛圍，但十二月的海風襲來，一切只有冷字可言，呈現丘陵狀的海岸地形促使風勢更強勁，風吹得泰介的耳朵和鼻頭疼痛。因為是下個月，也就是一月啟售，理應減少這種充滿夏日氣息的裝飾，無奈從栽種的植物到原木風格走道，四處都是洋溢南國風情的裝飾，泰介一邊後悔著把外套擱在車上，一邊踏進Cken LIVE股份有限公司精心打造的貨櫃屋。

「大帝建設的各位，這邊請。」來自總公司研發部的負責人員，與泰介及泰介的部屬野井並肩落坐沙發。原本擔心薄薄的牆壁隔熱性欠佳，幸好屋內頗溫暖。泰介悄聲抽了抽鼻涕。

「這些是資料。」Cken的業務青江一如往常，面無表情地把宣傳手冊擺在三人面前。

「已經照您上次說的修改，請確認。商標也全都換成貴公司的。」

有沒有什麼素材，能夠靈活對應想要擁有別墅或第二間房子的消費需求？因應高層的意見，研發部找到的素材就是這種貨櫃屋。除了比木造房屋堅固，工期較短，成本也相對便宜；雖然做為長期住居總覺得不太牢靠，但當作度假用的別墅倒是綽綽有餘，些許不便反倒成了演繹非日常感的魅力。

Cken LIVE 的母公司是製造航運用貨櫃的 Cken 股份有限公司。這次大帝建設和 Cken LIVE 聯手銷售貨櫃屋，總公司方面想說在進軍全國市場之前，先在應該有這方面需求的小城市大善市試賣，所以，身為部門主管的泰介早已和青江開過好幾次會，這次是初次見到樣品屋。

泰介試著用腳後跟稍微用力踏一下地板，耐久性似乎沒什麼問題，卻發出超乎想像的沉鈍聲響。部屬野井詫異地望向天花板，總公司的研發員也有點不安地蹙眉。就在泰介想到屆時勢必得向顧客說明聲音方面的問題時，瞥見青江露出不太高興的表情，嗅得到「別給我找麻煩」這般沒有明說的訊息，泰介只好說了句「不好意思啊」，勉強擠出帶著歉意的笑容。

「想說確認一下腳步聲，好像有點吵哦。」

「因為是貨櫃屋，沒辦法。」

也許青江天生不善交際，但溝通時不知變通的個性，實在讓泰介無法對他產生好感；而且每次對上視線時，他那總是瞇起眼、像是不爽什麼的模樣也令人不悅。照理說，採購並進行銷售的大帝建設是客戶，立場應該可以強勢一點，但青江似乎不明白這一點。

雖然溫熱咖啡是青江在廚房現沖的，但端出紙杯的動作卻感受不到任何心意，而且連個牛奶、砂糖也沒給，泰介只好含著一口黑咖啡，打發時間似地環顧屋內。

其實說穿了，就是拆掉舊貨櫃的一部分，裝上門和窗戶的東西，不過沒想像中那麼寒酸；雖然聲音這一點多少令人在意，但做為別墅用途的話，就沒必要這麼神經質地計較，重整地板與牆面就是一處舒適空間，而且像這樣四個男人坐在一起，也不覺得侷促。夏天打開玻璃窗，美景盡收眼底，既是涼爽無比、視野廣闊的海邊祕密基地，也是私人海邊小屋。不錯，真的很不錯，只是這價格……

泰介又瞧了一眼價格表，不由得嘆氣。確實比一般造價便宜，但這種程度的價差怕是難讓顧客開心買單。

「為了突顯在貨櫃屋也能住得舒適，這間樣品屋的廚房、浴廁都設計成能夠實際使用，而且耐震度高，只要稍作調整也能打造成三層樓。銷售時，這部分也可以強調一下。除了這間樣品屋的度假風，還有簡單的車庫風、孩童遊戲室、個人工作室等各種風格，請參考宣傳手冊。」

泰介翻開宣傳手冊。

照片拍得還不錯，但他看到第三頁的文案，不禁蹙眉。

「青江先生——」即便泰介為了避免口氣不好而努力擠出笑容，但從腹部深處湧起的強烈不滿卻迫使眼神變得銳利，「這邊沒有修改到，就是這句『獻給一直對別墅望之卻步的你』。」

青江瞇起眼，瞅著泰介指的地方。

「『望之卻步』不是讓人覺得很高級、門檻高的意思，這我之前說過吧？您也說定稿時會修改。還有這句『表現專屬於你的世界觀』，這裡用『世界觀』也不太對，但勉強還說得過去，可是『望之卻步』就有點……」

青江既沒道歉也沒辯解，只是面無表情盯著宣傳手冊，沉默半晌後回了句「了解」。

這樣子要怎麼共事下去？

只是一點疏失而已，沒關係啦！研發員趕緊打圓場，泰介卻堅決表示不該放任這種小錯。也許會被對方嫌囉唆，但這可是印著大帝建設之名的宣傳手冊，實在馬虎不得。畢竟買房子是件人生大事，顧客回家後勢必會一再翻閱，或許很多人不在乎這種小事，但肯定也有人像泰介一樣很在意用字遣詞，因此對於公司、接洽人員，甚至是建材有所疑慮，到時被顧客當面吐槽的可是業務員。泰介明白重印宣傳手冊不但增加成本又耗時，但現在不改正，之後會更麻煩。

「前幾天我向內人和女兒聊起貨櫃屋，她們聽了都雙眼發亮，很感興趣。貴公司的貨櫃屋絕對是優質商品。」泰介直視著青江的雙眼，露出充滿自信的笑容，「哪怕只是多一位客人開心購屋也好，宣傳手冊必須修正才行。麻煩你了，青江先生。」

青江又瞇起眼睛，沉默片刻後，吐出與其說是表示理解，不如說是隨口敷衍的回應：「了解。」

「你覺得 Cken 的青江先生多大？」

「年紀嗎？」

泰介頷首，部屬野井雙手交臂地想了想。

「三十出頭吧。應該比我年輕一輪，三十二、三十三吧？」

泰介也是這麼想。搞不好更年輕些，反正就是給人沒什麼好感的傢伙。泰介將牛奶滴入餐後的咖啡，等待不愉快的心情溶解。

會議結束後，先讓趕著回總公司開會的研發員在東內車站下車，泰介和野井再去附近的家庭餐廳吃午餐。現在是中午十二點五十一分，理應飢腸轆轆的泰介吃了分量不多的義大利麵就覺得飽足，八成是剛才的會議影響食慾。

「看來這場仗不好打啊！」

「貨櫃屋的案子嗎？」

「根本沒有當初說的那麼便宜，而且——」泰介攪拌好咖啡後，把湯匙放回小盤子，「分社的年度銷售目標是二十四棟。」

「二、二十四？」

「總公司有交代囉。」

野井閉上眼，面色緊繃。雖然帶領大善分社業務部門的人是身為部長的泰介，但實際上貨櫃屋的銷售屬於獨棟住宅部門，該部門的頭頭就是課長野井，難怪他會頭痛。

「雖說我們的研發也不怎麼樣，可是青江先生實在有點……那個。」

野井苦笑著，一副不想明說的樣子。

泰介感受到他的無奈：「那種態度是怎樣啊。」

「就是呀！」

「只能說是世代差異吧。」

也是有這種可能性吧。可以再稍微讓步嗎？只要這部分稍作調整，就會比較好賣——面對大帝建設的各種提議，青江總是想都不想就拒絕。

「雖然現在說這種話會被狠批，但最近的年輕人真的很不知『努力』啊！」

「我懂。尤其是三十五歲以下的年輕人啊！」

「不曉得是不是因為教育的關係，他們的口頭禪就是不行、沒辦法、我不會。遇到稍微困難的事，馬上就問這要怎麼辦。我也知道他們想生活得更有效率、更靈活，也承認他們這部分確實很強，有時也會佩服這些傢伙做得還不錯，很厲害嘛。可是啊，怎麼說呢？是因為他們生在只要上網搜尋就能輕易找到答案的時代嗎？總覺得『基本功』不足啊！要在社會上生存，難免會有必須熬夜努力的時候，也會遇到被客戶不斷打槍的時候，但他們只想跳過這些基本程序，要小聰明——」

咚！突然被一聲巨響打斷，店裡瞬間陷入靜寂。

泰介朝出聲的方向望去，有四個年輕人坐在離他們稍遠的位子，兩男兩女，可能是大學生吧。看起來慌慌張張的，怕被別人聽到似地竊竊私語。看來那聲巨響應該是手機掉在桌上，其中一人趕緊撿起來。見沒發生什麼事的泰介想重啟話題時，突然覺得不太對勁。

是自己太敏感嗎？總覺得不是。

他們在看泰介。

原本還嘲笑自己太自戀，但和四人逐一對上視線後，不得不確信。沒錯，他們在看泰介。是領帶歪了嗎？還是西裝外套沾了枯葉？泰介瞧了瞧胸口，沒看到哪裡不對勁。

「怎麼了？」

「……我有哪裡怪怪的嗎？」

「沒啊。怎麼了？」

「對面那幾個年輕人——」

就在泰介稍微挪一下身子，看向那群年輕人時，又響起咚的聲音。這次馬上知道是手機掉在桌子上，同時間，他也明白手機為何會掉下來的理由，泰介錯愕不已。

他們在偷拍泰介。

可能是從他們的位子無法清楚拍到泰介的臉吧。不曉得是錄影還是拍照，總之手機在偷拍時，從伸長的手上滑落桌面。

既然已經看到就不可能默不作聲，不管是一時無聊興起，還是小屁孩之間流行的惡作劇，都必須阻止這般無禮行徑。就在泰介起身走向那群年輕人時，四人卻站起來迅速走向收銀台，即便出聲喚住也不理會，而且他們連看也不看泰介一眼，一副只想趕快付錢離開的樣子。

因為結帳需要一點時間，泰介大可以追上去問個明白，但他想想還是算了。雖然心裡不太愉快，但工作時間還是盡量避免惹麻煩，況且自己也沒做什麼見不得人的事，這麼安慰自己的泰介坐回沙發。

「……他們在偷看部長呢！」

「是吧？」這麼回應的泰介再次看向門口，那四個人早已步出店外。泰介像要拂去心中不快似地深嘆一口氣，卻無法輕易拭去。

「應該是看部長長得帥吧。」

野井的玩笑話讓泰介的心情好過多了。

泰介趁部屬上洗手間時結帳，兩人走向停車場。因為野井對自己的駕駛技術不太有信心，所以由泰介開車。就在車子駛上國道時，泰介的手機響起；一看，螢幕顯示的是幾乎沒打過電話給他的分社長名字。無法以正在開車為由忽視這通電話，只好把手機遞給坐在副駕駛座的野井，請他代為詢問是什麼事。

野井簡單扼要說明現況後不久便陷入沉默，而且從上一個「是」的回應到下一個

「是」的回應，間隔莫名地拉長。分社長說了什麼？疑惑不已的泰介瞅了一眼野井，只見他也一臉困惑。

「了解，那就先掛了。」總算吐出這句話，掛斷電話的野井依舊一頭霧水地偏著頭。

「什麼事？」

「……分社長好像很慌張，我也搞不太清楚。」

「出了什麼麻煩嗎？」

野井像在回溯記憶似地又偏著頭。「總之，他叫我們趕緊回公司，還說一定要從後門進去。」

「後門？」

頭一次聽到這種指示。正門的自動門故障嗎？聽得一頭霧水的泰介要求野井說得再詳細些，但看來他也搞不清楚。野井說分社長情緒頗激動，所以聽不太懂他說些什麼，又不好意思反問，泰介心想再問下去也問不出個所以然，還是自己直接找分社長問個明白。總之，一個是本就不善言詞、情緒上來就更語無倫次的分社長；另一個是習慣看人家臉色，該說的話、該問的事都沒問到的野井，深感事態緊急的泰介用力踩油門。

「好像……」野井吞吞吐吐地說，「在生部長的氣。」

「我？」

「嗯……好像是說部長的X怎麼樣了。」

「X？」

「您有用嗎？」

「怎麼可能。」

若問泰介「X是什麼」，他頂多只知道是用來貼文的社群平台，從未實際接觸過，也沒看過，根本搞不清楚「貼文」是什麼。就像他知道大帝建設有官網，也不明白官網究竟是什麼東西，就算覺得有趣，也沒想過要學著用看看。

對於泰介來說，網路不是用來登入公司內部系統，就是用來訂機票、新幹線，從沒想過要活用它做些什麼，也不覺得有什麼不方便，反倒覺得公司導入的線上管理系統既繁瑣又不便。

自己犯了什麼和X有關的疏失嗎？泰介試著回想，還是毫無頭緒。

從東內車站附近的家庭餐廳到大善分社的車程約三十分鐘。在停車場停妥車子後，泰介想起上頭指示他們從後門進公司。刷卡解鎖後，推開沉重的鐵門。公司是五層樓建築，屬於大帝建設名下的不動產。就在泰介登上樓梯前往二樓的辦公室時，恰巧與清掃人員擦肩而過，雖然不曉得對方的名字，但常看到她就是了。不論對方的身分，遇到人一定會打招呼的泰介向她輕輕點頭示意。

「辛苦了。」

平常遇到也只是點頭回應的她卻一反常態，像是完全無視泰介的存在般，快步消失在走廊另一頭，此舉讓泰介有點不爽，但想說她平常就是這般態度，也就不以為意。泰介推開二樓辦公室的門。

「我回來了。」

只要有同事外出洽公回來，大家都會說句「歡迎回來」。這是從泰介擔任大善分社業務部長那天起就貫徹到底的規矩。有幾個人不在位子上，可能是去樣品屋那邊或拜訪客戶，不然就是在一樓會客室吧。泰介環視一眼辦公室，還有二十幾位同事在，卻沒人回應他的招呼，只有幾個人禮貌性朝他曖昧地點點頭。

果然不太對勁。

但泰介不覺得大家是針對他、厭惡他，畢竟一眼望去，不少同事在講電話，所以他把這般不尋常情形解釋成真的出了什麼狀況，分社長才會那麼慌張。看來絕非等閒小事，辦公室的氣氛明顯不同於今天早上，顯得異常凝重。

「野井，準備一下鈴下方面的施工預定圖。分社長很在意進度如何，我去找他時順便報告。」

「哦，知道了。」

野井指示負責鈴下方面的部屬準備資料。只見他看向泰介，一副欲言又止的樣子，隨即乖乖服從上司的指示在雜亂的桌上翻找資料，卻怎麼找都找不到。雖然多少聽聞這個人做事有些馬虎，但泰介還是相信他和他的上司野井應該不會弄丟那麼重要的資料。過了一會兒，野井的部屬抬起頭，面色鐵青地說：「對不起，那個……」

「不見了嗎？」野井錯愕。

「我記得放在桌上這裡……放進箱子保管……」

泰介忍住咂舌，卻忍不住嘆氣。野井要部屬再仔細找找，於是他又開始在紙山中搜尋。看著他毫無自信的模樣，八成希望渺茫，實在無法輕輕放過這般要不得的過錯。

該如何補回弄丟的資料？要怎麼訓誡才能讓他徹底反省呢？泰介正在心裡苦思時，從敞開的門外傳來一聲大喊。

「山縣！」

分社長怒氣沖沖地衝進來。

啊，分社長。我剛剛才回來，正要去找您，想說順便報告一下鈴下這件案子，可是一時之間找不到資料──泰介的腦中瞬間浮現一連串台詞，卻一句也沒說。

「快點跟我過來！」

分社長不由分說地拉著泰介去五樓的分社長室。「已經超過五十個人來問了！」臉從沒紅成這樣的分社長一屁股坐在沙發上，敲著放在桌上的平板，迸出這句話。

「……你說，這是怎麼回事？」

這是泰介想說的台詞。他根本不明白自己到底做了什麼事，讓超過五十人來詢問，所以就算分店長再怎麼質問，也不知如何回應。

泰介感嘆頂頭上司的脾氣如此火爆，心想要是再惹毛他，只是給自己找麻煩，只好不情不願地拿起平板。業務員因為要和客戶洽商，對於電子產品的基本操作都有一定程度的了解，但部長級比較少和客戶接觸，所以泰介對這類東西實在不熟。就在他心想該如何操作，窺看畫面時，上面顯示的大標題令他瞬間屏息。

【快訊】屍體照片貼文者身分曝光！本名山縣泰介，任職大帝建設，住在大善市。

空氣瞬間凍結。

這是什麼？

畫面顯示名為「旅男快訊」的一般網站頁面，但對這方面極度外行的泰介完全搞不清楚這是什麼樣的機構組織，具有多大影響力，猜想應該是一種資訊網站吧。

泰介戰戰兢兢地滑著平板的畫面，出現在眼前的是自己的臉——刊載在公司官網上的照片。照例放上分社業務部長的介紹文，而這張照片是在照相館拍的，不明白這張照片為何會出現在這裡。一頭霧水的泰介繼續往下滑，接著出現的是一張腹部淌血、倒在地上的女子照片。腦子混亂到無法對於這張衝擊十足的照片做出任何反應，只是反覆想著：「這是什麼東西啊？」接著映入眼簾的是萬葉町第二公園這排字，這張照片的拍攝地點確實是泰介常去的附近公園，但這又如何？究竟是怎麼回事？

TAISUKE、最近想徵求高爾夫同好、煩躁、帳號已刪除。

所有情報都讓泰介驚詫不已，無奈只是驚詫，描繪不出任何具體畫面。哦，原來是這麼一回事啊！原本期待能夠理解發生什麼事，結果卻是一團亂。

「你……到底在想什麼？」

面對分社長的質問，泰介不知如何回答。

「這是你的X吧。」

泰介總算明白網站上這行奇妙的文字「TAISUKE@taisuke0701」就是X帳號。原來如此，莫非剛剛野井在車上問X的事就是指這個？「TAISUKE@taisuke0701」發表了有問題的推文——似乎在暗示他殺人，然後被誤會是同名的泰介所為，就這樣在網路上引發了騷動。

雖然還搞不清楚狀況，但只要抓到問題的梗概，就能找到反駁的切入點。

「當然不是我。」

是哦。原來是這樣啊！我相信你。

分社長雖然性急，但應該不是無法說理的人。用手帕拂去脹紅臉上頻冒的汗珠，說句：「其實我也這麼想。抱歉，情緒有點失控。」泰介以為會聽到這樣的回應，沒想到分社長仍舊睜著充血的雙眼，一臉憎惡地瞅著他。

「這種藉口……沒用吧。」

「……藉口？」

「到底想怎樣啊……你這個大蠢貨！」

泰介不明白為何分店長堅信那個X帳號的持有人就是他。自己確實喜歡打高爾夫，說是人生一大樂趣也不為過。國中時是短跑選手，高中玩橄欖球，大學時期熱衷鐵人三項，學生時代挑戰各種運動，但上班後就只打高爾夫了，每個月至少甩桿三次。泰介的確常去案發現場的萬葉町第二公園附近運動，帳號末尾的數字也與他的生日七月一日一致，這些都是不容狡辯的事實。

但，為什麼單憑這些就要被誤會是殺人犯？

「總之，你今天先回去吧。」

「……咦？」

「在家待命。」分社長倏地從沙發上起身，背對泰介，一副不想再多言的模樣，「門廳那邊來了不少好事者。我們暫且對外宣稱山縣身體不適，返家休息。總之，你馬上回家。這裡還有總公司那邊都因為你的事，接電話接到手軟。」

「……為什麼我非得回去？」泰介差點隱忍不住情緒，幸好設法克制，冷靜地繼續說，「這是不實指控，只要清楚說明就行了。這麼欲蓋彌章的處理方式，反而會給社會大眾不好的印象，所以我覺得應該——」

就在泰介出言辯駁時，分社長室的電話響起。

這間辦公室的主人卻沒有接起電話的意思。你離電話比較近，所以你接，是這意思嗎？泰介輕咳一聲，伸出左手。分社長要他不必理會，但泰介已經接起電話。

「這裡是大帝建設大善分社。」

靜寂了三秒。因為聽得到嘰嘰的噪音，電話應該有接通，對方卻沒出聲。就在泰介又「喂」了一聲時，傳來男人的聲音。

「殺人犯。」

泰介想反駁，對方卻掛斷了。

騷擾電話。

難以言喻的怒火在腦中爆開，有種遇到肇事逃逸或是莫名其妙被人扔雞蛋的心情，腦子裡彷彿浮現對方的嘴臉。泰介就這樣斜睨著話筒有好一會兒。這是一通毫無意義的電話，如果是要山縣泰介出面說個明白，要求公司發個正式聲明的話，還能理解，也有個反駁的餘地，但這麼幼稚的騷擾行為算什麼？

「在家待命，」分社長又說了一次，「詳細情形還在調查，當事人因為身體不適，已經返家。先用這說詞擋一下，你回去吧。」

真是給我捅了個大簍子。

泰介無法理解分社長這句抱怨，甚至很想撂幾句粗話。我到底該怎麼辦？究竟惹了什麼麻煩？看來此時很難改變分社長的想法，就算向總公司高層投訴也沒用。

打消投訴念頭的泰介回到二樓，發現整層樓的氣氛很緊繃。眾人露出與其說是懊惱自己的上司被冤枉，不如說是知道身邊有個殺人魔而恐懼不已的表情。獨棟住宅部門、集合住宅部門、店鋪部門、能源開發部門等，泰介的視線掃過一遍，每個人都像被詛咒般害怕地低著頭，沉默不語。

為什麼不相信共事多年的人，卻相信毫無實據的謠言呢？泰介對於輕易被錯誤情報荼毒、不明究理的部屬們深感錯愕，但他覺得該說的還是要說出來，於是大聲說：

「網路上好像流傳著奇怪的報導。」

眾人有點怔住，卻沒人看向泰介。

「我相信你們都知道那些全是毫無根據、以訛傳訛的情報。我今天會先回家，但週末——明天還是會照常出勤。騷擾電話造成大家的困擾，很抱歉。拜託各位一如往常工作，我會隨身帶著手機，需要確認什麼事情就聯絡我。」

幸好野井似乎還搞不清楚狀況。野井詢問發生什麼事，泰介反問他是否能用手機上X。遠比泰介熟悉電子產品的野井建議用別的APP即時搜尋，因為沒有X帳號的話，用官方APP瀏覽很麻煩。只要在搜尋欄輸入關鍵字，點擊即時搜尋就能輕鬆找到推文。

泰介按照野井的說明輸入自己的名字，按下即時搜尋的瞬間，全身血液彷彿被抽乾。

即時搜尋關鍵字：山縣泰介

十二月十六日，下午一點四十四分

過去六小時，共一二六五二則推文

分社長說超過五十人來詢問，泰介原以為大概只有一兩百人關注此事，因為他並不了解X這詞的意思，只是直覺可能不少人吧。但超過一萬兩千則推文，這數字促使他的氣管瞬間收縮。

窺看畫面的野井不由得驚呼。

「這算是鬧得很大嗎？」

野井沒有回應泰介的詢問，只說了句：「……究竟出了什麼事啊？」

為了部屬，也為了自己，還是別再待在辦公室了。領悟到這一點的泰介開始準備早退返家，幸好今天除了Cken，沒有其他行程。泰介把要在家裡處理的月底會議資料收進文件匣，拔掉充電器插頭，塞進筆電包，再將幾封寄給他的郵件塞進公事包時，發現摻著一封陌生郵件。

牛皮紙的六號標準信封——沒有寄件人。

泰介想說應該是無意義的廣告信函吧，回家看過後再丟就行了，便一併塞進公事包。他把包括其他課正在進行的案子，交代給目前唯一可以正常溝通的同事野井。對泰介來說，無論身陷任何狀況都沒辦法扔下手上的工作不管。再次翻看記事本，確認沒有任何疏漏的他收拾好桌面，隨即步出辦公室。

避開門廳，從後門離開，冬日的寒風吹得他縮起身子。天氣有這麼冷嗎？泰介拉緊大衣，走向再熟悉不過的公車站。

雖然是地方城市，但大善車站附近相當繁華；相較於此，離市區稍微遠一點的大善分社四周是閑靜住宅區（所以大帝建設的分社才會建在這裡）。因為已經過了午休時間，一路上沒遇到熟人。泰介在公車站等車時，總算把家庭餐廳遇到的那件事，和剛剛才知道的網路騷動聯想在一起。

看來那群年輕人偷看泰介、還偷拍他，就是因為這件事。理解的同時，內心的恐懼遽增，畢竟連在家庭餐廳偶遇的年輕人都知道，可見這件訛傳的事擴散得有多廣。

公車剛好進站。開往大善車站的公車比預期來得擁擠，泰介的右腳自然地踏上台階，瞥見坐在面前的年輕人正在滑手機時，整個人瞬間僵住。不好的預感充斥腦中，猶豫著是否要抬起左腳時——「請上車」，擴音器響起司機的聲音，正在滑手機的年輕人可能覺得奇怪吧，抬頭看向泰介。

「不好意思……我有東西忘了拿。」

泰介下車，嘆氣著目送遠去的公車轉彎。

倒也不是畏怯，只是不想在公車上引發騷動。反正公司離家裡搭車只要五分鐘，走路也只需三十分鐘左右，實在沒必要冒此風險。泰介吐著白色氣息，一路上和三個人擦肩而過都相安無事，就在他想說轉個彎就到家時，不由得屏息，趕緊停下腳步，隱身圍牆邊。

家門口聚集著一群好事者。

看起來約莫十幾歲、二十出頭的樣子。五個年輕人對著泰介家指指點點，像是找到什麼熱門的打卡景點。還有人一邊拍攝，一副特派記者姿態般地對著鏡頭滔滔不絕。泰介知道自己任職的公司、長相已經曝光，但沒想到連自家都被搜出來了。

大帝建設大善分社業務部長的宅邸，當然是由大帝建設施工。屋齡到明年剛好滿二十年，絕對稱不上新，但整合專業人士的知識與經驗而建造的房子，不可能差到哪兒去。寬敞庭院設有小型高爾夫練習場，車位停著剛購入的賓士GLE，這一切促使好事者的情緒亢奮不已。

他們瘋狂地按門鈴，甚至想惡搞信箱，泰介無法理解究竟有何樂趣可言。只見有人掏出一根長葱，試著強行塞入信箱，這群人活像看到人生最有趣的光景般放聲大笑。

雖然事態不妙，但幸好這時間妻女不在家，妻子出門打工，女兒上學。對了，必須聯絡她們才行。問題是，該如何說明這個天外飛來的橫禍？泰介苦惱之餘，還得先解決眼前這群麻煩的好事者。

泰介沒花多少時間便想到最簡單的解決方法——報警。

他掏出手機，輸入一一〇，準備按下通話鍵時，突然有點猶豫。要是警察也和網站上那些無腦之人一樣，認為泰介就是殺人犯又該怎麼辦？怯怯仰望灰濛天空的他隨即拂去心中顧慮，心想日本警察應該沒那麼愚蠢。

約莫五分鐘後來了兩名員警，像在揮掉書架上的灰塵般，三兩下便驅散好事者；應該說，那群人一見到穿制服的警察出現便瞬間鳥獸散。

警察發現躲在圍牆邊的泰介，快步走向他，問道：「你是山縣泰介先生吧？」

怎麼看都約莫三十出頭的年輕警察態度高傲地詢問，泰介把原本要說的感謝話語吞了回去，姑且回了句「是的」。

年輕警察又問：「你知道網路上的那個吧，山縣先生的帳號。」

「……嗯？」

「方便開門讓我們進去查看嗎？因為很多人通報山縣先生的帳號一事。」

宛如一場惡夢。強烈的失落感卻迫使泰介露出有氣無力的笑容。

想說只是年輕員警的個人粗暴行徑，沒想到站在後面的老員警也狐疑地瞅著泰介。看來警方懷疑我犯案……雖然很氣他們輕信謠言，但發脾氣只會讓事情變得更糟。泰介告訴自己一定要冷靜，努力擠出親切笑容。

「饒了我吧。那不是我的帳號，我是冤枉的，我是受害者。」

兩位員警像要商量似地互看一眼，「你的意思是不會讓我們進去？」

絲毫感受不到善意的口氣讓泰介的血壓開始飆升。

「怎麼可能開門讓你們進去啊！刪除網路上的假新聞，澄清謠言才是你們該做的事啊！我家被騷擾成那樣，真的很困擾。保護受害者才是你們的使命，不是嗎？」

「山縣先生，那個刪除假新聞啊——」一直沒開口的年長警察說，口氣活像提醒在按摩店要求性服務的客人，「不是我們的工作。」

根本無法溝通，感覺像在和外星人講話。泰介靜靜地搖頭，設法壓抑就快爆開的怒氣，轉身離去。

「山縣先生，你要去哪裡？」

「……工作啊！車站前面的咖啡廳。」

「不回家嗎？」

「……那些奇怪的傢伙搞不好還會再來鬧，我怎麼回去？你們要是能幫忙盯著，別讓那些人靠近我家就太好了。」

不等他們回應，準備轉身離去的泰介赫然發現兩三位鄰居正在觀察他和員警的對話。實在沒心情面帶微笑地解釋，只能強忍著憤怒與屈辱邁開步伐。泰介走了一段路，回頭一瞧，發現兩名員警依舊雙手交抱地瞅著他。實在很想掉頭往回走，責備他們這麼做太過分，但泰介終究還是忍了下來，快步朝公司的方向走去。

泰介突然說要去車站前面的咖啡廳，其實並沒這打算，畢竟離這裡太遠，如果可以，只想避開人多的地方。就在他思忖該如何是好時，忽然想起離車站有段距離的地方有間商務旅館。身為當地居民的他沒什麼機會利用，但記得那間旅館離這裡並不遠。暫時去那裡避避風頭吧，有個明確的目的地之後，腳步也變得輕盈許多。

打開四〇二號房的門，泰介有種總算奪回文明與人權的心情。用衣架掛好大衣，像要故意曝光自己行蹤似地拉開窗簾，雖是初次從這角度看街景，但這裡確實是泰介的安身立命之所。寬敞道路無盡延伸至豐饒綠意中，即便是客套話也稱不上是大城市，但這裡的每棟建築都維護得很好，自有一番格調。無論是車子還是人，都以平常速度行進著。

是啊。這就是日常光景。

大善市是泰介的妻子，芙由子的故鄉。兩人結識於大帝建設町田分店，泰介和當時擔任事務員的芙由子談了一場辦公室戀情後，結為連理。辭去工作，成了家庭主婦的芙由子期盼有朝一日能離開東京，回到自己最愛的大善市生活，畢竟身為獨生女的她想就近照顧年邁父母。

其實泰介也很願意調職到大善分社，反正離東京只有一兩個小時的車程，況且調職到評價很高的大善分社也是件美事。這裡的業務範圍不只市區，也擴及縣內各處，與其窩在東京邊陲地帶的小分店，不如待在具有開發潛力的大善分社更能有番作為，果然泰介順利升任部長。

這樣的我，為什麼會……。

泰介走向洗手間，花了點時間仔細洗臉，再用毛巾擦乾，隨即坐在一旁的椅子上深深嘆氣。沒心思立刻拿出筆電工作的他打開房間裡的電視，午後新聞正在播報飆車的男子被逮後毫無悔意，這種令人心情很差的報導，看了一會兒，自己的名字就不用說了，也沒有提及大善市、萬葉町這幾個詞。轉到其他電視台也是一樣，看來和自己有關的這則謠言只在網路世界散布的樣子。

這麼判斷後的泰介稍稍安心。

仔細想想，兩名員警也是因為接獲通報，才說要進去家裡查看，並沒有要逮捕泰介的意思，也沒有這等強制力，足以說明一切只是謠言，這起事件根本沒發生，既然沒有屍體，也就不能強行逮捕。泰介逐一分析事實，心情也漸漸冷靜下來。

雖然不曉得要花多少時間，但泰介不覺得毫無根據的謠言會永遠流傳。也許是幾個小時或是幾天後吧，就像汙染物在某個時間點被淨化般，正確的情報肯定會戰勝謠言。

隨意轉到的頻道正在播放警方掃蕩色情行業的跟拍紀錄片。警察的雙眼被霓虹燈照得炯亮，只見他們攔住一位年輕人，彷彿事先設計好似地從他的包包中搜出毒品。跟拍的工作人員詢問警方為何起疑，只見員警一臉理所當然地回道：「那樣子鬼鬼祟祟的，一看就知道。」

明明是再尋常不過的電視節目，對於現在的泰介來說，卻成了至理名言。原來如此，惡事之所以傳開的原因就是讓人覺得可疑，也就是自己表現得太反常。正因為自己對於周遭戒慎恐懼，才會促使員警起疑，要是問心無愧，自然行得正、坐得直，也就不會招致狐疑的眼光。坐在椅子上的泰介挺直背脊。沒錯，就是這樣，既然是冤枉的，就沒什麼好畏懼，只要抬頭挺胸地面對，誤會肯定很快就解開。

也許是因為身處旅館房間這個安全空間的關係吧，泰介的心態轉趨積極。誤會一定能夠馬上解開，不，搞不好早就已經澄清了。就算不至於完全消解，但炎上的火勢應該逐漸熄滅才對。泰介掏出手機，照著野井教他的方法再次搜尋自己的名字。

即時搜尋關鍵字：山縣泰介

十二月十六日，下午二點五十六分

過去六小時，共二〇一二〇則推文

渺小的樂觀被徹底粉碎，頓覺心情沉重。泰介想不起一小時前看到的是多少，只知道數字飆升。

「就該判死刑啊」、「看起來就是個殺人犯」、「真是蠢到叫人發抖」。

看來網路上沒有一個是遣詞用句正確的傢伙。對於和自己無關的事情焦慮不已的泰介滑著手機，瞧見被許多帳號引用的某個連結：「上傳屍體照片的殺人犯，關於山縣泰介的總整理。」泰介點進去一瞧，總覺得就是剛才分社長要他看的那個網站。

不會那麼巧吧。但好幾個地方有印象，應該是那個網站沒錯。

單憑這麼一點情報就把我當殺人犯？開玩笑也要有個限度吧。泰介不屑地哼笑，但仔細看過後不由得渾身起雞皮疙瘩。雖然和方才在分店長室裡看到的內容幾乎一樣，但那時他的腦子一團亂，只能片斷理解，所以不太清楚事情的來龍去脈；但現在從頭到尾看過後，自己也不得不承認，確實會將「TAISUKE@taisuke0701」與「山縣泰介」劃上等號。看著「TAISUKE@taisuke0701」的一則則推文，泰介覺得自己的心就像被人用一把大湯匙慢慢地、用力地剮著。

「自豪的高爾夫球袋」——的確是泰介幾年前曾經用過的高爾夫球袋，他也還記得那個大帝建設五十週年紀念品的鑰匙圈。高爾夫球袋基本上都是放在後車廂，但是照片的背景應該是泰介家的外牆。泰介每次卸下車上的東西時，都會把高爾夫球袋擱在院子幾個鐘頭，所以這張照片八成是那時拍的。

「院子裡的花開了」——怎麼看都是泰介家的庭院。

「買了新球桿，期待實際揮桿」——這是泰介經過幾番考量後，決定購買的卡拉威球桿。這張拍的是從擱在庭院的高爾夫球袋冒出頭的一支球桿。

「正因為高爾夫是孤獨的運動，所以才有意思」——這分明就是泰介的口頭禪。

怎麼看都是山縣泰介的X帳號。

不認識泰介的人不會上當，但越是認識泰介的人，越容易相信這帳號是他的，就連泰介自己都一時錯覺，這真的是我的帳號嗎？因為太巧妙、太自然，也就顯得詭異萬分。

這不是純屬偶然，也並非天外飛來的橫禍。

而是這十年來，有人在網路上扮演泰介。

究竟是誰？泰介疑惑的瞬間，手機震動，差點滑落地上，原來是妻子芙由子來電。這才想起忘了聯絡家人的泰介趕緊按下通話鍵，傳來芙由子頗為驚慌的聲音，還不時夾雜啜泣聲，哭到話不成句。

「我聽一樣是兼職的高橋、高橋小姐說……那個網路……」

我知道，沒事，別擔心。

泰介為了安撫妻子，一直強調沒事，要她別擔心。芙由子在化妝品公司的電話客服中心兼職，應該是聽那位叫高橋的同事提起這起騷動，才打電話給泰介。

「反正，都是不實指控啦！沒必要信這種謠言，一定很快就能澄清誤會，放心啦！」

對於這些只是期望的話語，芙由子沒有回應，只是一直啜泣。那些好事者也許還會找上門，所以絕對不能回家，泰介叮囑妻子帶著女兒夏實今天先回娘家住。芙由子的老家也在萬葉町，離他們家走路只要十分鐘，是十年前由大帝建設建造的獨棟住宅。總之，母女倆回娘家住當然沒問題。

「聯絡上夏實了嗎？」

隱約聽到「嗯」的一聲回應。

「應該沒事啦！我是無辜的。告訴她沒什麼好怕，正常上學就對了。沒必要早退什麼的，網站上那些消息都是胡說八道。」

無法判斷電話那頭傳來的究竟是嗚咽聲，還是明白意思的回應，泰介只好再三安撫、叮囑芙由子。總算聽到妻子清楚地回應「知道了」，這才放心地說句「拜託了」掛斷電話。之所以無法說出「給你添麻煩了，抱歉」之類的話語，是因為泰介怎麼想都覺得自己沒錯，沒必要向公司、社會，還有妻子道歉。

泰介起身點開瀏覽器，找出那個彙整消息的網站，發現最下方有留言欄。雖然不曉得有誰會注意到，也不曉得究竟能發揮多大效用，但泰介覺得必須切實記錄自己的想法，以及只有自己才知道的真相：

山縣泰介不是凶手，沒做壞事，別再騷擾他了。

發送後，隨即關閉瀏覽器。

縱使惴惴不安，泰介的內心深處始終相信總有一天會迎來快樂結局；雖然被盜用帳號發文是事實，但根本沒找到屍體，可見有人企圖陷害他，只是想把他塑造成殺人犯罷了。既然是莫須有的事，事態也就不會惡化。

雖然無法想像要花多久時間，但誤會一定能澄清。

問題是，犯人究竟是誰？

儘管目前的精神狀態無法好好工作，但要是不做點什麼，只怕更會胡思亂想。就在泰介為了拂去消極情緒，從公事包取出筆電時，發現從公司帶回來的郵件——一封信。

八成是培訓新人的講座或教材廣告，泰介想說瞄一眼就扔掉，拆開後取出一張對折的A4紙。讀著信中內容的他頓覺時間暫停，全身上下連一根手指頭都無法動彈。

山縣泰介先生：

事態遠比你想像來得嚴重。

不能相信任何人，也沒有人會站在你這邊。

如果想得救，只有一個方法。

那就是逃，不停逃，只能這樣。

我希望你能真的逃脫。

要是覺得痛苦萬分，「36.361947,140.465187」。

瀨崎晴哉

泰介看完後抬起頭，一直開著的電視聲音傳進耳裡。跟拍警察的專題節目已經播完，女主播正在播報新聞，畫面映著熟悉的萬葉町第二公園的公廁。

發現一具女屍。

即時搜尋關鍵字：屍體／發現

十二月十六日，下午四點零二分

過去六小時，共一五二一則推文

牧田小五郎 @ideas jean 代表 @kogorou_makita

既然找到屍體，凶手這下子無法脫罪了吧。儘管公司電話都被打爆了，大帝建設還是堅稱他因為身體不適，返家休息。光是身體不適這藉口，就足以證明他是凶手。這間公司有夠莫名其妙，不但沒把他交給警方，還讓他返家休養，要是我們公司的話，立刻叫他捲鋪蓋走人。

↓引用推文：【真報新聞網】大善市萬葉町發現一具女屍

所以說囉 @ergo_nakamura

關於大善市那起命案。最初發現屍體的不是警方，而是 YouTuber，這才嚇人。殺人當然要判死刑，但警察也要認真工作啊！這件事從昨天就在網上傳開，根本是瀆職嘛！別把認真納稅的人當白痴。

pantalon@ 求職中 @BiPUSbMj556TOS

大帝建設平均年薪是九二二・八萬日元。殺人、棄屍、曝光惡行都沒事。金字塔頂端的人怎麼樣都無罪。

↓引用推文：【線上日電新報】大善市 YouTuber 發現屍體「看到網上的騷動」

凜珠 @Love_Rose_Life

警察有多廢，想必大家都很清楚。我之前遇到跟蹤狂也是這樣啊！就算說破嘴，條子也不會有所行動。我想，這次受害女性應該也有求救。結果成了屍體才有人聞問，一切都太晚了。不可原諒。

↓引用推文：【真報新聞網】大善市萬葉町發現一具女屍

3

山縣夏實

得知父親引發騷動一事，夏實有如鬼壓床似地坐在教職員室的椅子上，一動也不動。

「其實我們猶豫著要不要告訴你。」

第三節社會課結束後，夏實馬上被叫到教職員室。學年主任與班導盡可能平靜地告知她這起軒然大波。

「我爸……真的做出這種事……」

面對驚懼不已的夏實，學年主任神情沉痛地頷首。

「訓導主任請假不是因為這件事。不過，嗯……」

居然在我不知道的時候，發生這種事。

相信父親不會這麼做的夏實祈禱著一切都不是事實，同時也疑惑自己為何能如此斷言。總之，小學五年級的夏實面對這起騷動，無力做什麼。事實究竟如何？情報又是如何擴散？不知如何確認是否為真，更不曉得要怎麼阻止謠言傳開。腦子一片混亂，任憑湧起的各種思緒翻攪。

「……總之，先回家吧。山縣同學。」

經常被家長批評一副公事公辦的嘴臉，對教育工作不夠有熱忱的班導似乎不曉得該如何處理夏實的事。一味安慰、鼓勵好像不太好，有如對待易碎品般呵護也不妥。最重要的是，這孩子值得自己這麼護著嗎？班導的眼神透露內心的盤算。

可悲的是，年幼的夏實完全感受到大人的疑慮。打開教室門時，又該以什麼樣的態度面對大家呢？爸爸、媽媽、夏實，今後該如何是好？又會變成怎麼樣呢？夏實覺得呼吸變得急促。

沒事，不會怎麼樣的——儘管她拚命告訴自己一定要樂觀，但殘酷的是，這一切並非錯覺。開始察覺是在上第四節課時，確定有所改變是在午餐時間。

毫無疑問，教室的氣氛開始出現變化。

從夏實回到教室後，不，只是她沒察覺而已，搞不好更早之前，教室裡的氣氛就不太一樣了。不曉得是誰從哪裡得知她父親的謠言，可能是在教職員室偷聽到的吧，或是從夏實無法想像的途徑洩漏。雖然大概猜得到，卻無法確定，也不想問朋友。她不想從朋友口中聽到「是啊，我聽說你爸的事了」這種台詞，但顯然她身處的世界正逐漸偏離常軌。

當然不是突然毆打、踹踢、謾罵之類顯而易見的霸凌行為，而是彷彿成了無法融入群體，來自不同文化圈的轉學生。任誰只要一和夏實對上目光，就像看見不該看的東西般迅速別過臉。一個人，又一個人，在夏實無從得知的地方，謠言在教室裡迅速傳開，不曉得如何和她相處的人逐漸增加，人與人之間的親密度悄無聲息地倒退好幾公里。

沒事，可能是我太敏感了。

雖然夏實拚命安撫自己，但當她將前面同學傳來的講義遞給坐在後面的朋友時，不得不認清現實。朋友那接過講義的指尖有如痙攣般微微顫抖，盡量避免和她對上視線般地垂著眼，看向桌面，眼神卻相當有力，像在抵禦什麼似地身子緊繃。

她害怕夏實的父親和夏實。

一回神，夏實發現自己的心被逼至懸崖邊。

你聽說山縣同學的事了嗎？

聽說了，聽說了。要是真的話，很糟耶！

肯定有人在竊竊私語。一旦這麼覺得，每次有細微動靜，或是有人低聲說話，夏實就會反射性顫抖。很想反駁，卻找不到適當措詞，因為她不清楚流傳的究竟是什麼謠言。

強烈的懊惱與羞辱迫使她紅了眼。咦？我哭了嗎？當她察覺時，淚水又湧上。忍耐，必須忍耐。夏實拚命忍耐到第五節英文課。

外聘的英文老師雖是日本人，肢體動作卻相當誇張，始終面帶笑容，彷彿竭力扮演開朗的外國人。老師不曉得發生在夏實身上的事，所以她的一舉一動在氣氛詭異的教室中顯得格外突兀。

用英語說「對不起」。

夏實看到老師在黑板上寫的授課主題時，不由得低頭咬牙。

「大家會在各種情況說『對不起』吧？好比『對不起，是我的錯』。今天就一起記住英語的『對不起』怎麼說吧。」

看在大人的眼裡，或許小學生都是孩子，但其實一年級與五年級的成熟度有著明顯差異，大多數男孩不再憧憬英雄戰隊，大多數女孩也不再玩洋娃娃，而是開始在意自己的裝扮。所以要是以對待小孩子的態度來授課，也就是不論年級，都是以幼幼台主持人的心態來授課，這種老師肯定不受五年級生歡迎。

夏實也不喜歡她的教學風格。除了要求發出捲舌音，聲音要是不夠大，還會一直被要求重來，所以實在無法對她有好感，何況今天這種超乎常人的開朗感，更讓人心情沉重。

「『Sorry, it's my fault.』對不起，這是我的錯。意思就是我該負責。來，跟著一起念。」

重複念了兩遍。眼淚卻不聽使喚地落下。

幸好是老師最先察覺夏實不太對勁，但宛如在烽火戰地中發現嬰兒般慌亂，反而更顯得悲慘。老師一邊輕撫夏實的背，不停問她為何哭泣。怎麼可能回答，不想告訴什麼都不知道的人。發生在我身上的事，還有爸爸引發騷動的事，不知道的話就不必知道。

課堂中斷。老師說要帶夏實去保健室，但她更想獨處。我可以自己去。無奈好幾次話到嘴邊又吞了回去，本來就不擅長表達想法的夏實終究還是由老師陪同去保健室。

「山縣同學，你媽媽來電。」

夏實蜷縮在床上約莫十分鐘時，班導來到保健室。揉著紅紅眼睛的她跟著班導來到教職員室，拿起電話。聽到母親的聲音，稍稍安心的她又忍不住哭了。還好嗎？爸爸的事讓你受驚了。受了什麼委屈嗎？沒被同學欺負吧？不想讓母親擔心，試圖佯裝沒事的夏實畢竟只是個小五生，終究無法壓抑情緒。

「雖然你爸說不行，但要是真的受不了，早退也沒關係。你可以自己去外婆家嗎？」

第五節課就快結束了。只要再堅持一下，就快放學了。我堅持得住嗎？夏實抬頭看著牆上的時鐘，意識到自己沒勇氣回教室。即便是平常，一旦離開教室就不好意思回去，再也無法回去。

「……我想回家。」

夏實吐出這句話的瞬間，站在一旁的班導表情和緩不少。是哦，要回去嗎？她明白老師硬是擠出意外的表情，無非是為了掩飾總算鬆了口氣的心情。

接受老師幫忙代為收拾書包的善意，在教職員室接過書包的夏實步出校舍門口，照著母親的交代前往外婆家。

外婆家就在附近，他們也常見面。夏實不討厭她，只是不喜歡外婆總是把她當嬰兒般對待。外婆對夏實很好，卻不時在她面前數落外公與母親的不是，這讓夏實覺得心裡不太舒服，也很畏懼。

些許憂鬱吹進心的空隙，眼眶又泛淚。

夏實走了一會兒後蹲下來，背靠著防護欄，任憑淚水淌落。

這股怒氣、悲傷、懊惱又該向誰宣洩？是我的錯嗎？只有我該飽受批評責難嗎？不，一定不是這樣。

「……爸爸。」夏實喃喃著，用袖子擦了擦眼睛，卻抹不去淚水。

4

山縣泰介

泰介確認可以在房間抽菸後，連續抽了兩根菸。

他一邊下意識地緩緩吐出紫色的煙，集中心神冷靜看待現況。

在萬葉町第二公園的公廁發現一具女屍。也就是說，網路上鬧得沸沸揚揚的殺人事件並非空穴來風，而是實際發生的事。這麼說來，理當開始搜查凶手；雖然泰介不是很清楚警方搜查嫌犯的流程，但不難想像是根據現場遺留的物品與指紋、不在場證明、動機等各種情報來辦案，排除個人心證、直覺之類的曖昧因素。

所以不會只憑網路上的貼文就鎖定凶手。

即便心裡明白，但方才看到的跟拍紀錄片還是殘留腦中。影片裡的警察單憑行為鬼祟這理由，就認定對方形跡可疑，所以在實際逮捕前，形跡可疑成了警方判斷的重要基準。

這幾年都刻意少抽幾根，沒想到一回神，已經抽了第三根菸。

可能不會馬上逮捕，但要說警方毫不懷疑泰介也不可能；雖然完全不清楚那個帳號的持有人是誰，但實在模仿得太像，就連泰介也錯覺是自己在用的帳號。況且是在帳號所指的地方發現屍體，所以泰介肯定被視為頭號嫌疑犯，脫離不了干係的重要人物。

那為何警方還沒追查至這間旅館呢？泰介閉上眼，雙手交臂。在大廳櫃檯辦理入住時，提供了包括姓名、地址與年齡等個人基本資料。警方要是想查，應該輕易就能鎖定他的行蹤，難不成搜查十分順利，早已鎖定真凶？

試著建立出對自己有利的假設，但泰介想起自己對那兩位員警說的話，不由得搖頭。

「工作啊！車站前面的咖啡廳。」

警方會不會因此搜索車站前的咖啡廳，卻沒料到我會投宿旅館？泰介越想，心越累。

乾脆向警方說清楚，講明白算了。泰介的手伸向手機。我在這裡，不會逃，也不會躲藏，請保護我。不清楚警方是否會給予周全保護，但應該不會立刻被視為殺人犯，只要積極配合調查，說不定就能盡快釋疑，畢竟泰介真的沒殺人。

決定了，打電話——

促使他停止動作的是剛才那封信。

山縣泰介先生：

事態遠比你想像來得嚴重。
不能相信任何人，也沒有人會站在你這邊。
如果想得救，只有一個方法。
那就是逃，不停逃，只能這樣。
我希望你能真的逃脫。
要是覺得痛苦萬分，「36.361947,140.465187」。

瀨崎晴哉

泰介完全不明白這行數字的意思，對於寄件人瀨崎晴哉這名字也沒印象。公司同事就不用說了，哪怕只是見過一次面的客戶，也會記住對方的名字，泰介認為這是最起碼的禮貌，也是他的處事風格，但「瀨崎晴哉」這名字真的很陌生。泰介試著回想學生時代的朋友、親戚，還是沒印象，應該是初次聽聞這名字。

不過，至少寄件人預料到泰介會陷入這般窘境。要說是敵是友，泰介當然希望寄件人是友。寄件人如此叮囑：

不能相信任何人，也沒有人會站在你這邊。

也就是說，包括警方在內囉？

泰介覺得自己的想法愚蠢可笑，但畢竟發生一連串難以置信的事，所以不該排除所有可能性。內心一直糾結到忘了吃飯，下午五點、六點、七點，時間分秒流逝，整個人就在警方尚未找上門的安心感，與害怕房間門鈴響起的恐懼感中徘徊，越來越疲憊。

當泰介抽完手邊所有的菸，也就是晚上九點之前，一直開著的電視傳來後續消息。新聞節目插入即時新聞，出現身穿西裝的警官排排坐，舉行記者會的畫面。一位代表搜查本部的警官對著面前無數支麥克風，報告目前搜查進展。

從隨身物品判定死者是住在縣內的女大學生。棄置公廁個間的女屍生前並未被性侵，隨身財物也還在，從這兩點來看，推測犯案動機是因恨而起的仇殺。推斷死亡時間是昨晚，也就是十二月十五日晚上八點到十二點之間。死因不是腹部的傷，而是窒息，亦即遭人勒斃。發現屍體的同時，縣警立刻成立搜查本部，並將此案定名為「大善市女大學生命案」，全力搜查，期盼早日破案。

進入現場提問時間，馬上有記者提出泰介最關心的事：

「警方認為目前網路上最關注的某個社群帳號和本案有關嗎？」

八成料到會問這問題吧，只見聆聽過程中就不停頷首的發言人緩緩湊近麥克風。

「我們認為這是一條不容忽視的線索，但也不排除其他可能性，目前全力搜索中。」

給了一個不痛不癢的回答。就在泰介有些失望時，下個提問直指核心：

「網路上已經鎖定某個人是嫌犯，警方對此有何看法？」

「是，」這也是意料中的提問，這麼回應的發言人一度看向桌上的紙張，「警方正針對所有可能性進行搜查，請各位不要散布不實情報。我們正全力搜查，希望盡快破案。」

接著，在場記者紛紛對於死因判定為勒斃，而不是腹部的傷所致一事提問，但還沒聽到警方的回答，直播就中斷了。泰介想說可能別台有轉播，試著切換頻道，結果都沒有。方才看到的是地方電視台，看來這場記者會的直播並非全國播放。

泰介嘆了一口氣後坐在床邊，試著整理腦中已知的情報。很難判斷是好消息還是壞消息，雖然警方並未明說是否把泰介視為頭號嫌犯，卻又說不會無視那個帳號，可見多少還是存疑。

既然推斷出死亡時間，是否可以由此證明自己是無辜的呢？泰介開始回想自己昨晚八點到十二點之間在做什麼，結果馬上絕望。他每天晚上九點前後都會出去跑步，而且不巧就經過萬葉町第二公園。

也許曾和凶手擦肩而過。

萬葉町第二公園占地廣闊，是一座附設棒球場的公園，設有兩間公廁；雖然都在公園裡，但各據一端，相隔有段距離。雖說如此，泰介的確在死亡推斷時間之內去過案發現場附近，頓覺事態又朝著對他不利的方向前進。

唯一足堪聊慰的發言，就是警方呼籲大家不要散布不實情報，此舉或許多少能讓網站上的風波逐漸平息吧。明知不可能馬上奏效，泰介還是在隔了數小時之後，再次試著用自己的名字搜尋。

即時搜尋關鍵字：山縣泰介

十二月十六日，晚間九點零一分

過去六小時，共二四九八九則推文

熱門搜尋關鍵字：今日第六名

泰介初次聽聞「熱門搜尋關鍵字」這詞，但不難推敲出意思。隨著記者會的直播，大家曉得上網搜尋就能知道凶手的名字，這明顯和警方的呼籲背道而馳，加快炎上速度。

「這個人怎麼看都是凶手，應該馬上逮捕判刑」、「都這麼明確了，不曉得還要調查什麼」、「凶手的尊容」。

一滑手機，畫面上不斷出現泰介的照片，甚至有人在他的臉上惡意加工後發文。

看來事態不容樂觀，恐怕明天早上無法如常上班。炎上之火非但沒減弱，甚至尚未迎來高峰；即使很不想承認，但只要沒抓到真凶，這場風波就沒有平息的一天，網站上任何和泰介有關的情報也不會輕易消散。或許要有長期抗戰的覺悟。

倘若要暫住飯店，勢必得準備最低限度的生活用品。盥洗用品還能姑且使用飯店提供的備品，換洗衣物就得自己張羅了。

泰介稍微拉開窗簾，俯瞰夜晚的萬葉町。離車站有段距離的住宅區沒有稱為夜景的燈光，本來人潮就不多的街道到了這時間點更顯靜謐。泰介約莫眺望了五分鐘，只瞧見一輛車駛過，望不見半個行人。

現在回家一趟應該沒問題吧。

入住時覺得頗舒適的空間，果然待久了也會有種讓人窒息的閉塞感，肚子也餓得受不了。泰介自詡忍功一流，但在渴望呼吸新鮮空氣的欲求驅使下，開始想理由說服自己。那些好事者應該不會那麼晚了還在鬧吧。總之，先躲在附近確認狀況，確定沒問題後再進屋收拾行李。萬一好事者還沒散去，立刻躲回飯店就行了。

泰介決定把比較重的筆電留在飯店房間，其他東西塞進大衣口袋和包包，步出飯店，奔向寒氣逼人的夜晚。

令人惱火的那根長蔥還插在信箱，沒瞧見那群好事者。

躲在牆邊陰暗處的泰介點了一下頭，決定從後門進入。走到甚少使用的後門，轉動許久沒碰的門把，幸好沒有因為生鏽而發出噪音。泰介小心翼翼，躡手躡腳地走過用來練習高爾夫而掛的網子旁，經由庭院來到玄關大門。

感應照明燈亮起的瞬間，泰介不由得打了個寒顫，隨即用鑰匙開門，潛入屋內。進屋後，馬上伸手關掉外頭的照明設備。

泰介脫掉鞋子之前，嘆了迄今人生中最感慨的一口氣。

總算安全了。嗅著熟悉的家中味道，心情頓時放鬆，也從容許多。首先，要拿些換洗衣物、手機的充電器，以及家裡現有的一整條菸，還得拿些食物才行，還有讀到一半的池井戶潤小說。等等，也想送些必需品給待在娘家的妻女。

一邊在腦中描繪動線的泰介伸手拿取晚報，雖然不是現在就要看，卻也不想讓它一直插在投遞箱。當他打開不鏽鋼製蓋口，取出晚報時，響起奇妙的金屬聲。

什麼啊？一看，裡頭藏著一把小鑰匙。泰介拿起鑰匙瞅著，一時想不起是哪裡的鑰匙。這把有點眼熟的鑰匙是哪裡的呢？思忖了一會兒，才想起是庭院裡的倉庫鑰匙。倉庫裡放著幾年前為了要下不下的大雪而準備的鏟子，還有好久以前曾用過一次，之後就塵封的露營用品，還放了什麼呢？總之，就是很少進出的空間。最後一次開啟倉庫門是什麼時候呢？就在泰介思索的瞬間，喚醒痛苦的記憶。

啊，對哦。那也是和網路有關的麻煩事。泰介回想自己大半輩子幾乎都在幫別人擦屁股，討厭出錯的他一直靠著萬全的準備與行動力避免閃失，卻總是被捲入周遭發生的麻煩中。我上輩子到底造了什麼孽啊？泰介在心裡嘀咕的同時，想起為何這裡放著倉庫的鑰匙。妻子和女兒幾乎沒進去過倉庫，因為倉庫門很重，光是開關門就很費力。

泰介像要建立假設似地環視四周，忽然想到這份報紙不是家裡的誰投進去的，有可能是外人投遞的。除了插著長蔥的信箱，泰介家的玄關門上還設了投遞箱，而且是他想裝的；雖然大門與玄關門相距不到十公尺遠，但想到每天早上還要走過去拿報紙就覺得麻煩，所以他要求送報員務必把報紙插在玄關門的投遞箱，而不是大門的信箱。

有人把鑰匙丟進這裡。

這麼一想的泰介突然覺得很不安。也就是說，有人進出過庭院裡的倉庫。倉庫的鑰匙本來藏在倉庫側面一處邊緣死角的下方，實在稱不上安全。任誰只要找到鑰匙，不用闖進家裡就能進去倉庫。

看來有人搞鬼。

既然有此直覺，就得確認才行。

泰介把包包輕放地上，偷偷地打開玄關門，確認昏暗中沒有半個人影後，緩緩走向倉庫，小心翼翼地開鎖。緊張地屏息確認開鎖聲沒驚擾到鄰居後拔出鑰匙，用力推開沉重的倉庫門，再慢慢地開門。

霎時塵埃味撲鼻而來，還隱約有股惡臭。

雖然久違的倉庫裡頭和泰介記憶中的光景差不多，但只有一點不一樣，就是靠門的地方擺著一個印象中沒有的黑色大垃圾袋。

廚餘。

這是謎底揭曉前的猜測，也是惡臭來源。特地從自家帶來廚餘，扔進在網路上引發騷動之人的家中倉庫，實在想不透幹這種事有何樂趣可言，分明就是吃飽撐著沒事幹的閒人搞出來的詭異惡作劇。

其實擱著不管也沒關係，但實在不想讓倉庫瀰漫臭味。就在泰介抓起袋子，準備拖出去時，發現重到超乎想像。他趕緊鬆手，這東西可不只十幾二十公斤。

不是廚餘嗎？

解開綁得牢實的袋口，強烈到讓人想吐的惡臭迅速擴散。泰介這才發現自己剛才聞到的臭味不過是冰山一角，著實臭到他不由得鬆手。想吸一口外頭空氣的他把頭探出去做了個深呼吸，再次看向垃圾袋時，不禁懷疑自己眼花。

從敞開的袋口隱約可見——頭髮。

肯定是因為昏暗而造成的錯覺。關掉庭院的照明設備後，只剩下從身後照來的微弱路燈。仔細瞧瞧，肯定會覺得自己的錯覺十分可笑。泰介用左手摀住鼻子，用右手將袋口往下拉。

昏暗中，有如白花綻放的東西是耳朵。

女人的頭顱。

發出慘叫的不是泰介。他嚇得回頭，瞧見圍牆外有個人看向這裡，看起來應該是高中生的年輕人。不妙，有人看到了。哇啊哇啊的尖叫聲像警報器般奪去泰介的冷靜。住口！

別叫了。不對，給我安靜點！泰介不由得大吼。亟欲辯解的泰介慌張奔過去，年輕人卻早已逃了五十公尺遠。瞄到一眼他的側臉，應該是住在隔著三戶人家的青年。

到底該追上去阻止他造謠？還是就這樣逃走？

就在腦子一片混亂的泰介找尋最適合的答案時，發現年輕人折返，看向這裡，手上還握著手機，看來他想拍泰介或屍體的樣子；雖然不明白對方的心裡究竟在想什麼，但泰介覺得這時應該出手反擊。眼看年輕人一步步逼近，泰介感覺汗水不斷從體內噴發。

只有逃走一途了。泰介奔向停車場，車鑰匙就塞在大衣口袋裡。只見他迅速坐上駕駛座，發動引擎，車子往前暴衝時，差點撞到年輕人，幸好千鈞一髮之際閃過。

車子在限速四十公里的路上飆到時速七十公里，轉眼間，年輕人的身影從後照鏡消失。車子就這樣往前飛馳、飛馳、飛馳。

泰介用混沌腦子拚命思索該去哪裡，無奈想不出好對策，只能開著車一味前行。早已駛過投宿的那間飯店，家也回不去了。考量到家人的安全，也不能去妻子的娘家避風頭，更不可能如常上班。再找別的飯店投宿？還是就這樣一直開下去呢？

約莫二十分鐘後，泰介把車子停在沒什麼車輛通行的國道路肩。

這是哪裡啊？泰介張望四周，沒看到標示所在地的招牌或建築物。廣闊田地、低矮的民宅，視線前方有間加油站，但已經打烊了。泰介確認一下導航，原來來到大善市最東邊的希土町。

泰介想起什麼似地打開雙黃燈，頭靠在椅枕上。

試著在腦子裡整理一下目前情況，無奈沒辦法理性思考，只知道自己被逼至絕境，世上某個地方有人心懷惡意地陷害他。

倉庫的那具屍體究竟是何時放在那裡呢？雖然已經飄出屍臭，屍體卻未腐爛。他不清楚人死後要經過幾天才會腐爛到什麼程度，但應該不可能超過一個月，頂多幾天，長一點的話，一個星期吧。而且只要知道倉庫的鑰匙放哪兒，任誰都能隨時打開倉庫。若是趁著夜晚他們熟睡後偷溜進去，泰介也不可能察覺。

到底是誰？又是為了什麼目的幹這種事？

泰介怎麼想也想不到誰有嫌疑，畢竟喜歡他的人遠比厭惡他的人來得多，雖然老王賣瓜有點不好意思，但他算是有人望。只要他邀約下班後去喝幾杯，部屬都會說好；只要他提議來場高爾夫球賽，就有不少年輕人報名參加。上司也很信賴他，所以一路升職。泰介一直很認真工作，也很照顧家人，向來都是衣食不缺，想要什麼基本上都會盡力滿足，反正他有這能力。

時光倒回，回想學生時代也是一樣。難免會遇到不合拍的人，但也不至於憎恨到這般地步，而且他敢發誓自己從沒偷過東西，中學後就沒再幹過隨地便溺這種缺德事，所以實在想不出自己幹過什麼招人怨恨的事。

這場惡夢未免太久，況且自己又不是什麼容易招嫉的名人。所有誤解能夠瞬間澄清，一連串麻煩能夠像幻覺般消失嗎？

即時搜尋關鍵字：山縣泰介

十二月十六日，晚間十點三十五分

過去六小時，共三七一二九則推文

熱門搜尋關鍵字：今日第五名

既然沒有減少，那麼對泰介而言，不管是推文數量，還是今日排行都沒意義，看來這場風波沒有平息的跡象。泰介繼續滑手機，令人難以置信的標題映入眼簾：

【快訊】山縣泰介是凶手，確定判處死刑。自宅發現第二具屍體。開著最自

豪的賓士車逃亡中

點開連結，裡面放了一張在夜色中奔馳的賓士車車尾照片，可能是剛才那位年輕人拍照並發文的吧。雖然因為手震的關係，照片有些模糊，但銀色車身、印在車體上的型號，以及車牌號碼都看得一清二楚。

一種近似失望的疲勞感凌駕了焦慮與憤怒的情緒。

「既然都被拍到了，很快就能抓到吧」、「住在附近的人千萬要小心，就算暴打一頓也要抓到他」、「警方應該有行動了，希望當地成年男子也協助逮人」。

泰介看的果然是個人經營的情報彙整網站，也就是以廣告收益為目的而開設的部落格，所以標體寫得聳動才能增加點擊量，實在稱不上是專業新聞報導網站。

不過對於網路白痴的泰介來說，這網站的文字風格確實頗像新聞報導，或許不到全國性報紙的可信度，但起碼有體育新聞之類的水準。

其實冷靜想想，警方怎麼可能在短時間內發布如此確切的消息，但此刻的泰介實在疲累到不行。

這個「TAISUKE@taisuke0701」怎麼看都是泰介的帳號，他也確實在推斷死亡時間之內去過發現屍體的公園。想想，那句「要是第一個人也有拍照就好了」，顯然在暗示屍體不只一具。第二具屍體是在泰介家的倉庫發現，更糟的是，裝屍體的垃圾袋上還有他的指紋。

他不懂刑法。但，殺了兩個人會被判死刑吧。再這樣下去會被逮捕吧。曾經做為選項之一，也就是求助警方的想法顯然不可行，勢必會被帶進偵訊室，以近乎嚴刑拷問的方式逼迫招供，別妄想警方會端出熱可可，關心他的悲慘遭遇。

怎麼辦？到底該怎麼辦才好？

就在泰介思忖時，瞥見有個年輕人從前方走來，左手提著便利商店的塑膠袋，右手滑著手機。泰介先關掉雙黃燈，再關掉車頭燈，試圖降低自己的存在感。強烈燈光突然消失確實不尋常，只見年輕人抬頭瞧了一眼泰介的車子。

不該關掉車頭燈。泰介察覺自己犯了個嚴重錯誤，可惜為時已晚。年輕人放下手機，一臉疑惑地瞅著泰介的車子。

不能被看到臉。

坐在駕駛座上的泰介趕緊俯身，冷不防想起車子型號什麼的早已在網路上流傳，銀色賓士GLE，就連車牌號碼也曝光了。要是年輕人用手機搜尋泰介的情報——就算覺得不可能那麼湊巧，也會心生懷疑。泰介緊張到心臟快迸出來。

明明從車內感受不到外面的氛圍，泰介卻感覺到年輕人的氣息。走開！沒什麼好看的，快走啊！

就在他這麼祈求時，塞在褲袋裡的手機突然震動，泰介嚇得屏息。震動得那麼久，肯定是來電。誰打來的？避免外頭瞧見手機光源，泰介俯身確認畫面，顯示一通從外縣市打來的陌生電話號碼。

認識的人都有儲存在聯絡人資料，和工作有關的人就不用說了，妻子娘家的電話也有儲存。泰介試著想想這號碼究竟是誰的，沒想到十多年前偶然獲得的知識竟然派上用場。與警察有關的電話號碼，尾數都是「〇一一〇」。

記不太清楚究竟是聽誰說的，還是自己確認過真偽；總之，肯定聽過這說法。手機畫面顯示的號碼尾數正是「〇一一〇」。

是警察。終於要追查我了嗎？

右手不停冒汗。要是接了會怎樣？他們會保護我嗎？要我協助調查？還是立刻逮捕？腦中突然迸出「定位追蹤」這詞，想像接起電話的瞬間，警方就能掌握自己的所在位置。

冷靜點！山縣泰介先生，你沒事吧？我們相信你絕對不是凶手，但為求慎重起見，還是要保護你。警方才不可能打這種關切電話，所以這通電話肯定是為了「引蛇出洞」。

胃酸湧至食道的同時，想起那封神祕信件的內容：

如果想得救，只有一個方法。

那就是逃，不停逃，只能這樣。

痛苦到受不了的泰介抬起頭時，恰巧和從副駕駛座那邊窺看車內的年輕人對上視線。

泰介用後座力大到讓他整個人靠在座椅上的車速，飛馳在國道上。緊抿著嘴，奔馳在夜晚的鄉下街道。泰介預感到有三種情況在等待著他。

第一種是被警方逮捕，第二種是遭一般人逮獲。

可想而知，這兩種都不會有什麼好下場。警方應該已經認定泰介是頭號嫌犯，畢竟沒有任何可以證明他是無辜的證據；萬一無辜被起訴，肯定會登上新聞網站的標題，最壞的情況就是被判處死刑。

第二種情況更糟，要是被講理的人活逮還算好，就怕不是。「住在附近的人千萬要小心，就算暴打一頓也要抓到他」、「希望當地成年男子也協助逮人」，這些人敢這麼寫，不見得會付諸行動；就怕遇到那種腦子少根筋的大老粗，實在無法保證自己不會體無完膚。

所以只能選第三個選項，也就是聽從寄件人說的。

只能逃了。

泰介對於僅僅幾個小時就落魄到這般地步，著實深感憤慨，但既然決定要逃，每分每秒都很珍貴。

愛車的車牌已經曝光，不能再開這輛車。泰介把車子駛進冷清的釣具店停車場。釣具店早已打烊，停了約十輛車的停車場沒半個人。泰介迅速走到車後打開後車廂，裡頭有一直擱著的高爾夫球袋，還有幾件高爾夫用品。有什麼能派上用場的東西呢？就在他東翻西找時，尾數「〇一一〇」再次來電。腦中曾閃過乾脆接電話，說明自己是無辜的念頭，但一想到被定位追蹤就害怕。不一會兒，總算想起手機不必透過打電話來定位追蹤，用GPS就行了。

看來光是帶著手機就很危險。

泰介頓時有種抱著炸彈逃亡的心情。就在他高舉手機要朝地上摔時，突然想到根本沒必要這麼做，只要關機，放在車上就行了。

不行這樣，要冷靜。泰介安撫自己。腦中迴響著白天看到的電視節目台詞。

「那樣子鬼鬼祟祟的，一看就知道。」

無辜的人不能因為別人的惡意而墜入無底深淵。不能被逮捕，必須掙脫眼前的困境，這才是世界該有的樣子。

為什麼？為什麼這麼說？那是因為——我根本沒做錯什麼。

即時搜尋關鍵字：YouTuber／搜查

十二月十六日，晚間十點五十一分

過去六小時，共九一五則推文

奏守櫻希 @ohki_kanademori

發現屍體的那個 YouTuber 居然很屌地說他要搜查凶手。我當然明白想早點抓到凶手的心情，但這樣根本是在消費這起命案，有夠噁，實在看不下去。

↓引用推文：【PEGI 頻道直播】發現屍體後接著逮捕山〇泰介？最強成員大集合！

大碗 @okapi898

那些小咖 YouTuber 靠抓凶手搏名氣的做法，搞得跟戰國時代沒兩樣，有夠可笑。

↓引用推文：【線上日電新報】大善市事件：警方呼籲停止各種個人緝凶行為

紅白＠出租美眉當朋友招募中 @shirokuro_21

這個 YouTuber 還帶著球棍，太誇張了吧？拚流量也要有個限度吧。YouTuber 真的都很渣耶。

↓引用推文：【DonDoki TV】DonDoki 登陸大善市，開始追查凶手！很快就能找到線索？

Kii@0122_kii

不管是說要搜查凶手的 YouTuber，還是愛看這種影片的人，都忘了有被害人啊！兩個年輕女子被殺，住在附近的女性朋友們肯定怕得睡不著，有過類似經驗的我超懂。真的、真的超恐怖。說穿了，那些愛看熱鬧的人也是加害者啊！

5 堀健比古

「我說啊，最大的戰犯是派出所那個蠢蛋吧。」

坐在副駕駛座的六浦雖沒回應，臉上的微笑表示贊同堀說的。

「說什麼『我覺得和公廁無關』。」

「有夠傻眼！多虧他們，一切都太晚了。」

堀露出嘲諷似的笑，其實心裡氣得半死。出現屍體也是沒辦法的事，既然發現屍體就得成立搜查本部，接下來肯定有一堆事要煩，也只能善盡職責了。不過，要是第一個到現場的派出所員警能夠好好處理，自己也不必和縣警在這種時間去現場勘驗，案子也不至於發展成緝凶行動。

堀本來就是開車時脾氣很火爆的人，今天更是不耐前方車輛的龜速行駛，為了舒緩情緒，只好找些不痛不癢的話題來聊。

「六浦警官對附近還熟嗎？」

「算熟吧，」氣質比較像公務員的六浦警官，白皙臉龐浮現一抹淺笑，「我是學園大畢業的。」

「哇，是哦。腦筋一流呢！」

「沒啦。我念的是冷門的理工科系，真的沒什麼。」

一旦成立搜查本部，基本上就是兩人一組行動，要不是像堀這樣的轄區員警和同一轄區的員警攜手調查，不然就是和縣警派來的搜查一課搜查員一起調查。前者的工作是四處查訪，蒐集情報；後者是以調查被害人與加害者之間的相關人物為主，藉以釐出線索，兩種工作都不輕鬆；但一般來說，後者的調查內容往往成為破案的關鍵契機，所以搜查本部內部都明白這工作的責任更重大。

對於堀來說，和六浦搭檔頗幸運。畢竟縣警的權力明顯比較大，所以不少縣警面對基層員警都懷有一點優越感。六浦算是堀的少數舊識，雖然待的單位不一樣，但兩人曾在某警署共事短短一年，所以稱呼時加個職銜就行了，沒必要太客套。附帶一提，兩人的職銜都是巡佐。

「六浦警官多大了？」

「剛好三十。」

「有三十啊?」

「因為長得娃娃臉,老是被當作孩子看待。」

雖然隸屬搜查一課的人肯定都是優秀人才,但六浦給堀的印象始終是個人畜無害的年輕人;雖然不是那種可以絕對信賴的人,但至少在一起不覺得憋屈痛苦。

前方的車子右轉,視線不再被遮擋,堀用力踩油門。兩人乘坐的銀色豐田 Allion 加速駛向山縣芙由子的娘家。

「能逃得了幾個小時呢?」

「是說逃犯嗎?」

堀以微微蹙眉代替頷首:「山縣先生也真敢啊……怎麼可能逃得掉嘛!」

第一個抵達現場,卻嚴重出錯的派出所員警是最大戰犯,這樣的批評一點都不假。當然,堀也不是無法理解當事人的心情,畢竟消息源自網路的報案超過九成都是不實謠言。

有人發了可疑的貼文,還是趕緊調查一下比較好——報案件數不少,但稱得上是案子的少之又少。有人是基於正義感而報案,也有不少存心想惡搞貼文者的人,無非只是想憑一句「已經報案了」,嚇唬貼文者。

不管動機為何,只要有人報案,警方就得處理。總之,你先去確認一下。被這麼指派的人怎麼可能卯足勁搜查。

有個帳號的貼文是屍體照片，地點好像是萬葉町第二公園。共有二十六人報案。對於單一案件來說，這樣的件數算是異常的多。畢竟大多數人就算在網路上發現不尋常的事，也只會當作話題瞧瞧，不會特地報案。一定早就有人報案了，不差我一個。話說沒此謙虛心態的人打電話來報案時，口氣都充滿怨憤。

「我們搜查過萬葉町第二公園，沒發現屍體。」

比對可疑照片，搜尋過附近草叢——派出所員警這麼說。那時是中午十二點，當下沒搜查公廁的他辯稱：「我覺得和公廁無關。」堀明白他的想法，但要是因此耽誤發現屍體就是怠忽職守。

下午三點，山縣泰介報警說自家附近聚集一群好事者，希望警方前往處理。那時沒發現屍體，這起事件也不存在，所以山縣泰介對警方來說，只是在網路上引發騷動的可疑人物，沒理由立刻拘捕。雖然不具強制力，但為求慎重起見，想進屋確認——員警的應對並無閃失；而且法律明文規定，在這情形之下，要是屋主拒絕，警方也不能強行進屋搜查，所以不同於那位沒有即時發現屍體的員警，這兩名員警的處理方式沒問題。

不過，他們輕信山縣泰介說「要去車站前面的咖啡廳」，沒有繼續追查他的行蹤，這點著實令人扼腕，結果山縣泰介就這樣突然消失無蹤。

下午五點接到報案電話，有人陳屍在萬葉町第二公園的公廁。

任誰都想責備沒能及時發現屍體的派出所員警，只是事態惡化，無暇批判罷了。警方立即成立搜查本部，堀手邊的事情也全數暫停，幸好都是些還算好處理的小案子，好比酒店客人打架鬧事，每天來買燈油的可疑男子，也只能勸說店家要買就讓他買吧。諸如此類的雞毛蒜皮之事。

因為發現屍體，確定凶手就是山縣泰介——警方當然不能和網路上那些只想起鬨，不想負責的傢伙一樣，必須嚴謹偵辦才行。山縣泰介雖是個無法忽視的存在，但也沒有任何證據證明他就是凶手。

雖說不隨網路謠言起舞是出於冷靜判斷，但堀不否認也是基於對世人批判警方無能的一種反駁，畢竟事關執法人員的尊嚴。其實還有一件讓他很扼腕的事，那就是因為縣警的鑑識課長擔任搜查副本部長，所以一切以現場勘驗與蒐集證物為主，這也是讓山縣泰介有機會逃走的原因之一。

警方馬上就從死者持有的身分證與手機，確認被害人是名叫篠田美沙的二十一歲女大生。縣內雖有幾所大學，可惜除了六浦的母校學園大，沒有稱得上是最高學府的貨色。說穿了，不過是讓學生能夠無意義地延畢，拿個大學文憑的學店罷了。她也是這種三流大學的學生。

她的手機有下載交友軟體，對這方面不太熟悉的堀不清楚這種東西的用途。其實這種軟體不是用來找交往對象，而是用來援助交際，以現在的流行語來說，就是「爸爸活」。和她往來的對象名叫「TAISUKE」，根據聊天紀錄，兩人相約昨晚八點碰面。推斷死亡時間是晚上八點到十二點，「血海地獄」是晚上十點零八分發的貼文，一切都連結起來了。

使用這款交友軟體時，必須提供個人身分資料。警方立刻聯絡軟體公司，要求提供「TAISUKE」的個人資料，立刻得到回覆。

住在大善市萬葉町，山縣泰介，五十四歲。

已婚人士用這軟體找年輕女性，結果和對方起爭執，釀成慘事。還是就像推文所言——「如同表面上的意思，垃圾清掃完畢」，抱持扭曲的正義感，想要懲罰行為不檢的年輕女性？

結果，維護尊嚴與謹慎招致反效果。警方從網路上的騷動到總算確定追緝山縣泰介，足足遲了好幾個鐘頭，同時，又在山縣泰介自家發現第二具屍體，鑑識課正在調查。總之，就目前情況看來，搜查本部內部的看法一致。

山縣泰介就是凶手。

「那房子真不錯啊！」

「知名的大帝建設蓋的囉。」

車子停在路肩，兩人下車，按電鈴。

來玄關應門的是芙由子的母親，因為有事先聯絡，她一見到堀兩人，便毫不猶豫地深深一鞠躬，似乎認定女婿就是凶手的樣子。比起大聲嚷著「那個人是無辜的」，這樣的反應讓堀他們好辦事多了。

「我是大善警署刑事課的堀。這位是——」

「我是縣警搜查一課的六浦。」

芙由子的母親露出接受審判似的微妙表情，頷首回應。

「我女兒在客廳。」

客廳漂亮得像是樣品屋，芙由子坐在沙發上掩面哭泣。芙由子的父親坐在餐桌旁，瞥了一眼堀與六浦，神情嚴肅地緩緩頷首，一副不曉得該以什麼態度面對的樣子。

兩人落坐芙由子對面的沙發。就在堀準備開口時，芙由子抬起頭。

「……真的是我先生做的嗎？」

根據事先調查的資料，芙由子的年紀比堀大上一輪，應該超過五十歲，沒想到本人竟是有些楚楚可憐、頗具魅力的美女。哭得紅腫的雙眼在白皙肌膚襯托下，發出寶石般的光芒。堀的臉頰不由得浮現不自然的親切微笑。

「為了進行調查，必須先『保護』山縣先生。」

山縣先生是無辜的。芙由子肯定期待聽到這樣的話吧。堀的這番話讓她又低下頭，用高雅的淡紫色手帕摀著眼角。堀發現自己竟然想找話安慰她，趕緊咳幾聲，拂去邪念。

「您曉得現在有些人對於這件事的反應有點激烈嗎？」

芙由子顫抖似地微微頷首。

「為了山縣先生的安全著想，我們希望能盡快鎖定他的所在位置，所以需要您的協助，您可以理解嗎？」

確定芙由子理解後，堀拿出縣內地圖，攤放桌上。

和逃犯搏鬥，就是和時間搏鬥。每過一個小時，難度就像打電玩般翻倍，所以絕對不能變成長期戰。哪怕是拳打腳踢，還是勒脖子都行，只想趕快逮到逃犯，但要是讓對方察覺自己心急如焚絕非上策，只會瞬間奪去對方的冷靜判斷力。總之，越是面對重要人物，越得保持冷靜才行。

堀拿出紅筆，把泰介家所在的萬葉町一隅圈起來。

「山縣先生現身自家是在晚上十點左右，隨後開車離開。」

堀用紅筆標示泰介的移動路線。

「他開著車一直朝東邊行駛，N在這裡——呃，N就是那個，想成是路邊設置的監視器就對了。監視器拍到他開的車子，然後從這裡再往東行駛到這一帶。」

在釣具店畫了個大紅圈。

「在這裡發現山縣先生棄置的車子。這裡是位於希土町，一間打烊釣具店的停車場，看起來他應該是從這裡開始徒步。這附近有山縣先生可能會去的設施，或是可以投靠的人嗎？」

芙由子根本沒看地圖，就一臉痛苦地搖頭。

「請您仔細看一下，」堀看著芙由子的眼睛，「再怎麼瑣碎的事都沒關係，像是住在附近的朋友、親戚，或是去過一次的公園，任何事都行。」

「……真的沒有。」

面對認定自己什麼都不知道的人，再怎麼追問也問不出個所以然。堀只好暫且放棄鎖定位置一事，掏出手機找照片，畫面顯示的是泰介棄置的車子後車廂。

「這些是留在車上的東西。」

芙由子睜著紅腫雙眼看向手機畫面，坐在沙發另一側的母親也湊過來看。

「首先，他留下手機，可能是覺得帶在身上不方便吧。因為大善警署打過電話給他，這個，怎麼說呢？他可能很恐慌吧。不過多虧這支手機，我們才能透過ＧＰＳ鎖定停在釣具店停車場的車子，其他還有大衣和這個。」

堀指著畫面。

「一套脫下來的西裝，看來山縣先生換裝了。」

芙由子像要設法消化事實似地咬脣。

「現在氣溫只有個位數，不可能裸身四處逃，所以應該是換成放在車上的衣服。您曉得是什麼樣的衣服嗎？因為衣服也是重要線索。」

「放在車上的……衣服。」

芙由子重複這句話，拚命尋找答案似地，眼神有些飄忽不定。

「放了……什麼呢？」

「想不起來嗎？」

芙由子難為情地低著頭。

「不好意思。那輛車是外子的，我都是開另外一輛比較小的寶獅，所以不曉得他車上放了些什麼……」

聽起來不像是在包庇自己的丈夫，有可能因為恐慌，腦子一時混亂，也可能她真的不清楚另一半的車上到底放了些什麼。看來得再想個切入點，套出些情報才行。就在堀思索下一著棋時，六浦的手機響起。

起身講完電話的六浦把堀叫到走廊，因為剛剛收到本部傳來的消息。堀聽完後不由得咂舌、搔頭，六浦也面色凝重。這種事實在很難啟齒，但既然收到消息，就必須向芙由子他們確認。

就在他們要返回客廳時，感覺昏暗的走廊盡頭有什麼在蠢動，原來是泰介和芙由子的女兒，記得名叫夏實。她坐在樓梯的第一階。

她聽到了嗎？堀為了確認，主動打招呼。

「不好意思，打擾了。」

夏實沒回應，旋即走進房間。傳來關門聲的同時，響起啜泣聲。她哭了吧。也是啦，自己的父親惹了這麼大的麻煩，心情肯定大受影響。同情夏實處境的兩人返回客廳。

一句「你們冷靜聽我說」反而促使對方更加不安，卻又不得不說。面對惴惴不安的三人，堀咬緊牙根告知。

「剛才在離釣具店大概幾公里的地方，發生一起傷害事件。」像是盡量避免引起恐慌般，口氣十分慎重。

「已經抓到犯人了。不過關於犯案動機，加害者聲稱是因為『看到網路上說的逃犯，所以想逮住他』，於是出聲叫住對方，遭到頑強抵抗，所以就下重手了。」

淚水從芙由子瞠大的雙眼不停淌落。

「被害人目前昏迷中，雖然身上沒有可以辨別身分的東西，但根據趕到現場的員警說，體型和山縣先生十分相似。遺憾的是，因為傷勢嚴重，無法從相貌辨別身分。」

明白意思的芙由子激動到一時喘不過氣。母親緊抿著嘴，坐在稍遠處的父親則是面色更凝重。

「我手邊有本部傳來的照片。我先遮住臉，請您看看是否能從衣服之類的東西，確認是不是山縣先生。」

芙由子沒回應，只是一直啜泣。看女兒傷心成這樣，焦慮不已的母親主動舉手表示自己可以代為確認。

「哎呀，根本不是。」

聽到母親這麼說的芙由子稍稍平靜後也看了一眼照片，她也說照片裡的人不是泰介。若不是出於確信，而是期望的話，可就傷腦筋了。為求慎重起見，堀再次向她們確認。

「他沒有這種衣服，而且氣質、手指的粗細也不一樣。」

眼睜睜地看著犯人逃走，結果被一般民眾發現，甚至動用私刑，這可是事關警方的面子問題；但對於基層員警來說，算是好消息，因為這樣就不必費力追捕了——堀收斂有此預感而放鬆的心情，擦了一下額頭的汗。

不知是否緊繃的情緒瀕臨崩潰，芙由子的母親再也忍不住嘆氣。

「我啊，早就知道會有這麼一天。」

聽到母親突然這麼說，淚眼婆娑的芙由子抬起頭。

「刑警先生，我當初就很反對他們的婚事。那個人啊，很自私，凡事只考慮到自己，不顧別人的心情。總覺得這個人哪裡怪怪的……我打從一開始見到他就這麼覺得。」

「……別說了。媽。」

「一般人出了這麼大的事都會打電話回家，不是嗎？跟家人道歉，害大家擔心了。關心一下家裡狀況。他居然連通電話也沒打，這個人真是有夠自私。也不想想小夏因為他，受了多大委屈，現在還闖了這麼大的禍，把大家的人生搞得一團亂——」

「媽！」

芙由子大聲打斷母親的話，惹得母親不悅地蹙眉。

「芙由子也真是的！怎麼連自己的老公車上放些什麼都不知道，這是為人妻子該說的話嗎？一般都知道吧。像我就知道你爸車上都放了什麼、你爸有哪些朋友、常去哪裡。只要是一家人就該知道啊！你這孩子真是的——」

「都是我的錯囉？」

「你們都冷靜點。」

芙由子的激烈反應讓一直默默看著這一切的六浦出聲緩頰。

「泰介先生目前沒事，況且也還不確定他就是凶手。」

堀覺得最後一句話頗多餘，但六浦的打圓場功力確實安撫了歇斯底里的芙由子和母親。現在可沒時間調解家庭糾紛，堀再次用紅筆在地圖上標示。

「要是體力絕佳的馬拉松選手，或是求生知識豐富的自衛隊員，那就另當別論，一般人在夜間移動的距離有限。」

凶手要是和家人共謀籌劃周密的逃亡計畫，身為執法人員就不能洩漏任何情報，但看他們家的情形應該沒有。為了得到新的情報，需要他們的協助，所以堀判斷透露一些搜查情況也無妨。

「從山縣先生開始移動剛好過了一小時。以一般人來說，一小時不太可能走上十公里，所以他應該是在以釣具店為中心，半徑十公里的範圍內，也就是用紅筆劃上斜線的這塊區域；而且人在這種情況下，基本上不會走回頭路，畢竟好不容易開車逃了一段路，不可能往回走，所以希土町的西邊可以排除。也就是說，山縣先生目前在這一帶。」

芙由子和母親看到堀標示的區域變小，不由得露出安心的神情。

「然後這裡、這裡、還有這裡和這裡，一共四個地方設有檢查哨，所以山縣先生一旦現身，馬上就知道。機動搜查隊也在這個區域內積極尋找他，他們都是尋人專家，一定能夠馬上找到山縣先生。不過，就像剛才提到的那起傷害事件，現在有些人極具攻擊性，所以我們希望能盡快找到他，確保他的人身安全。」

客廳颳起的強風似乎止息。堀再次詢問心情已經平復不少的芙由子。

「您慢慢想沒關係。是否有想到山縣先生可能會去的地方呢？」

芙由子不安地看著地圖上標示的紅框，不想妨礙她思索的堀往後靠著沙發椅背。

「不好意思，方便請教一個問題嗎？」六浦突然插話，「昨晚九點左右，有人看到疑似泰介先生的人出現在萬葉町第二公園，那時你們一家人在做什麼呢？」

「昨晚……九點左右嗎？」

「是的。」

這問題在堀聽來一點意義也沒有，也不明白為何要問，所以有點焦躁不耐。芙由子倒是開始回想。

「我每週四上晚班，所以在工作。我女兒那時在補習班，至於外子那時在家做什麼就不太清楚了……」

「謝謝。」

當芙由子再次看向地圖時，六浦又把堀叫至走廊。確認他們的女兒夏實不在走廊後，六浦壓低聲音說有件事讓他頗在意。

「剛才除了那起傷害事件，還有一件事。」

「還有一件事？」

「山縣泰介向交友軟體公司提出的身分證明是會員卡。」

「……所以呢？」

「一般不是用駕照嗎？」

好比在房間申請使用交友軟體時，想起駕照放在客廳，但這時瞄到眼前的櫃子，想起櫃子裡放著會員卡。畢竟做著見不得人的事，有所顧慮，所以不想走到家人在的客廳拿駕照，就姑且用會員卡註冊──不難想像是這般情形。堀沒想到搭檔竟然這麼無腦，但還是催促他繼續說下去。

「有件事更奇怪，」六浦抛出前提後，繼續說，「就是那個有問題的X帳號，那個名叫『TAISUKE』的帳號，剛剛查出它的IP位址，也就是查出這帳號是從哪裡發文，結果所有推文都是透過山縣泰介自家的 Wi-Fi 發出去。」

這不就對了嗎？凶手肯定就是山縣泰介。但六浦推論出和堀截然不同的結論。

「有人會特地回家發推嗎？」

「我這個老人不太懂這些東西，六浦警官到底想說什麼？」

「好比看到美麗景色會當場拍下來，想說寫些感想後發推。這種情形一般都是在當下發推吧？但那個『TAISUKE』帳號的所有推文都是特地回家，用家裡的 Wi-Fi 發的，不可能有人這麼做吧。因為實在太不合理了，所以我剛剛請他們查一下發推的手機型號，是否和山縣泰介留在車上的手機型號一樣。」

「六浦警官，」堀露出不以為然的笑容，「大叔啊，就是會做些莫名其妙事情的生物啦！」

自己的意見不被採納，堀明白六浦肯定頗沮喪。

總之，再也沒有比內訌更麻煩的事了。況且堀可不想案子解決後，縣警之間流傳著他態度不佳的傳言，給自己招惹無謂的麻煩。只見堀刻意揉著六浦的肩膀，試圖緩和氣氛。

「忘了是幾年前的事了……我很喜歡麥可。啊，麥可就是麥可・傑克森。尤其喜歡〈Bad〉的音樂錄影帶，不時就用電腦看一下。這支音樂錄影帶的導演是馬丁・史柯西斯，導得真好。每次我突然想看時，就會打開電腦，點開瀏覽器，搜尋 YouTube 後，輸入歌曲名稱，再從幾個候補影片中挑選喜歡的。結果啊，直到同事跟我說只要加入儲存清單就能直接點開來看，我才察覺自己的方法有夠蠢又麻煩。」

明白堀想說什麼的六浦，像是說服自己似地輕輕點頭。

最先發現的女屍死因是勒斃，而非刺殺；雖然沒有驗出指紋，但確認脖子上有勒痕，還有吉川線（被害人為了解開繩子而抓出來的傷）。從屍體狀況研判當時被害人坐在椅子上，凶手從身後突襲，腹部的傷則是死後才刺的。那麼凶手為何待被害人斷氣後，還要補上一刀呢？鑑識課的年輕女鑑識員推理出答案。

「該不會是為了『拍照效果』吧？」

勒斃的屍體照片不夠刺激，所以才在腹部補上一刀吧。

總之，一切真相只有凶手才知道。勒斃女大生用的繩子，以及刺傷腹部的刀子都從山縣泰介的家中倉庫搜出。使用會員證申請交友軟體，用自家的 Wi-Fi 發推，種種行為都無法動搖他是頭號嫌犯的現況。

凶手就是山縣泰介。

為了能夠儘早逮捕歸案，需要他的妻子芙由子的證詞。堀偷瞄一眼客廳，芙由子神情認真地看著地圖。她肯定還是相信另一半是無辜的吧；還是完全理解另一半為何犯下如此惡行，所以抱著贖罪心態拚命回溯記憶？

一定要找到山縣泰介。堀唯一擔心的事，就是所謂的正義魔人比警方先找到他。

「……要是能想起什麼就太好了。」

「是啊……」

無奈事與願違，還是沒發現泰介的蹤影。

為什麼呢？因為泰介在警方鎖定的紅框外頭。

即時搜尋關鍵字：流浪漢／襲擊
十二月十六日，晚間十一點五十六分
過去六小時，共六五六則推文

郵差太郎 @postpostpost_post

照片在網路上傳成這樣，起碼也看清楚再動手啊！打到整張臉都凹陷，根本是發洩情緒吧。反正元凶就是那個四處逃竄的凶手。

↓引用推文：【經產新聞電子版】大善市流浪漢遭襲擊「以為是網路上引爆話題的殺人犯」

美代吉 @kichig_miyo2

流浪漢被誤以為是白領菁英，真是有夠逼哀顆顆顆。

↓引用推文：【經產新聞電子版】大善市流浪漢遭襲擊「以為是網路上引爆話題的殺人犯」

春 @kiyoshi_hayato_3150

【求擴散】這次襲擊流浪漢的凶手不是DonDoki TV，根本沒有消息說凶手是YouTuber，看來誤會的人還真不少。拜託大家認真看新聞，明辨事實，惡意誹謗可是會吃官司。

5. 堀健比古

三井明 @akira_mitsui1107

襲擊流浪漢的傢伙超不ＯＫ。只要大家同心協力，一定能逮到山縣泰介。當地人加油，我會在北海道幫你們打氣。一定能逮到他，大家合力一定沒問題！

6 山縣泰介

跑吧。一直跑就對了。

泰介以訓練有素的正確跑步姿勢、步伐、呼吸法，拚命奔跑。吐出的氣息化成白色球體，接連不斷地在夜晚的路上留下軌跡。

跑步成了每天必做的事。要是這麼說的話，大部分人都會笑著回應：「這樣很好啊！」「慢跑讓心情舒暢呢！」即使別人誤解他勤於跑步的動機，泰介也不會糾正。他不是為了參加馬拉松、鐵人三項而練跑，只是受不了從學生時代就勤於鍛鍊的肉體隨著年紀漸增，變得越來越不堪。人是肉做的，肉體就是人的一切，所以肉體腐敗意味著人也腐敗。

泰介固定週一和週四傍晚，花一個小時跑上十公里。抵達公園後先做個三十分鐘的伸展操，再慢跑三十分鐘回家。不是為了比賽，不是出於健康考量，也不是為了面子問題，純粹只是不希望自毀而養成的習慣。

那麼，要怎麼逃呢？看著後車廂苦思的泰介，發現高爾夫球包裡有替換用的衣服。在規模大一點的高爾夫球場，基本上會穿西裝去，到了再更衣；但有時若打的是輕鬆一點的短洞，直接穿高爾夫球衫去就行了。一回合結束後沖個澡，換回便服，所以包包裡頭都會塞運動衣。自己都忘了有這回事，還真是慶幸。

就穿這個吧。

穿著西裝在夜晚的路上奔跑實在很怪，要是一身運動風裝扮就沒問題。

雖然休旅車的後車廂頗寬敞，但窩在裡面換衣服還是有點侷促。泰介躬著身子換衣服，脫掉皮鞋，換上球鞋，還戴上帽子。帽簷上的球標怎麼看都是高爾夫用品，趕緊摘下來塞進包包；想起公事包擱在玄關，忘了帶走，幸好貴重物品都帶在身上。錢包、瀨崎晴哉寄來的那封警告信，還有什麼要帶呢？泰介思忖了幾秒，心想還是早點離開這裡比較好。為了不妨礙跑步，他把肩背包斜掛在胸前，奔出車外。

冷冽空氣讓他瞬間直打哆嗦，但泰介知道只要開始跑，身體馬上就會變熱。啊啊，真的逃得了嗎？向東朝著海岸線跑了幾步後，置身於不知未來如何的昏暗恐懼，促使他的背脊發涼，但已經無法回頭、放棄，應該說沒有其他選項了。

不管平常多麼訓練有素，跑步這行為本就不是一件輕鬆的事。要想維持一定速度，肯定伴隨著同樣程度的疲勞與痛苦。好喘、好渴、痛苦、好想休息，滿腦子盤旋著這些念頭。

但對於現在的泰介來說，這樣反而好。今後該怎麼做？又會變得如何？正因為沒心思憂慮將來的事，更能挺起胸膛，專心跑步。起初和別人擦身而過時，心臟還會像被擠壓似地瞬間緊縮，但漸漸產生一如往常跑步的錯覺。

不是在逃亡，而是跑步，一直跑就對了。

泰介離開希土町，沿著海岸線北上。什麼也不想的他專注跑了一段路後，體力再也無法負荷地停下腳步。這裡是光山市的郊外，距離釣具店有十七．六公里遠的地方。

又過了一天，現在是凌晨一點。白天應該也不怎麼熱鬧的商店街被夜色吞噬，悄無聲息。沒看到人，也沒亮燈，一處完全陌生的地方。泰介後悔自己毫無規劃地一路跑，卻也安慰自己根本不可能做好規劃，反正沒半個人出沒的地方才好。最怕那種積極搜尋泰介的正義魔人，要是被他們逮住，只怕會丟命。

調整呼吸，一邊警戒四周地按下自動販賣機的運動飲料鈕。泰介拿著飲料躲到小巷，一口飲盡。熱氣消散的舒暢感僅僅幾十秒，汗水蒸發後，冬季的夜風開始無情奪走體溫。泰介想到最後一餐是中午在家庭餐廳吃的義大利麵，轉眼間已經超過半天沒吃到固體食物。空腹加上疲勞，以及難以言喻的孤寂絕望，加上寒氣逼人，坐在地上的泰介只能縮得跟石頭一樣。

要不去趟便利商店？腦子裡瞬間掠過這想法。應該沒賣大衣之類的，但起碼能買些熱食，錢包裡有超過五萬日元的現金，足夠買些必需品。只是不曉得這附近哪裡有便利商店，果然是偏鄉小鎮，只能依賴路標朝車站方向走，總能找到吧。

很怕被監視器照到。畢竟跑了這麼一大段路，要是被監視器照到，一切努力都會化成泡影。這般小小的擔心促使泰介的身體更加緊繃，該怎麼辦才好？處在如此冰冷空氣中，根本無法回復體力。好睏，卻不能睡。

所有選項被逐一排除，泰介忍住想嘶吼的衝動，拚命摸索掙脫困境的方法。

「唉唷，被趕出來嗎？」

就在泰介心想糟糕的時候，已經錯過逃走時機。

有個看起來超過六十歲，身形纖瘦的女人露出發現迷路孩子般的表情，手上握著長長的金屬棒，走向泰介。那是武器嗎？就在泰介擺出警戒姿態時，馬上察覺那是用來升降鐵捲門的工具。仔細一瞧，從隔著三家店距離的小窗流洩出些微燈光，門口擺著寫有店名「雫」的招牌，不曉得是什麼樣的店，還在營業就是了。

被人發現了。怎麼辦？這下子該如何應對？

「你是幹了啥事啊？」

不管問題是被趕出來嗎，還是幹了啥事，泰介都不曉得該如何妥善應對。你是因為犯了滔天大罪，才被趕出大善市吧——她該不會是拐著彎譏諷我吧？腦子一團亂的泰介這麼解讀對方的意思，心想最壞的情況就是撲倒她，趕緊逃走。泰介緊張得嚥了嚥口水，無奈疲軟的腰腿再也使不上力，連站起來都有困難。問題是，我到底能逃多遠呢？內心的焦慮像渦輪機般加速運轉。

「到底要來？不來？趕快決定。」

女人不太耐煩地用金屬棒輕敲左手掌。

看來她沒有襲擊我的意思，搞不好還想幫忙藏匿，是嗎？問題是，要怎麼幫助一個被全世界散播是個窮凶極惡的人？這麼思忖的泰介總算想到，對方可能根本不知道山縣泰介的事，也就是說，她是那種沒在注意網路情報的世代。

「我是不知道你幹了啥事，反正回不了家，是吧？要是不來，我就要打烊了。要的話，就快一點。」

泰介像是總算克服時差問題，逐漸明白對方誤會自己是被老婆趕出家門的可憐老公，看來這樣的誤會無疑是幫了大忙。

「你要幫忙藏匿嗎？」

泰介驚覺自己說錯話。幸好對女人來說，這般遣詞用字一點也不奇怪。

「反正我就是靠你們這種男人混口飯吃囉。」

「雫」是一間小酒吧。一整面牆排放著酒瓶，小聲播放著當地的ＦＭ廣播。六個吧檯座，還有兩張四人座的桌子，椅子上掛著一件藏青色外套，看來店裡好像還有其他客人。泰介不由得打了個寒顫。

女人察覺泰介的視線，笑著說：「那是客人忘了帶走的。因為一直沒來拿，又沒地方放，只好擱在那裡。」

泰介對於在某間店逗留，中斷逃亡一事有些猶豫，但要是拒絕伸向他的手，也沒體力繼續逃，況且還沒想出什麼逃亡計畫。過於溫暖的暖氣讓泰介的身子不再發抖，促使他更加確定自己的判斷沒錯。

「在外頭搞女人，對吧？」

女人把一小盤堅果放在駝背坐在吧檯位的泰介面前，然後瞇起眼，用像是看盡世間百態的眼神瞅著他。女人瘦得不太健康，雖不是美女，卻有股從年輕時就靠這種行業維生之人特有的滄桑感。眉毛應該是全剃光，自己畫的挑眉格外顯眼。

「你啊，就是這種男人啦！」

要是平常的話，被人家平白無故這麼指責的泰介肯定馬上臭臉，但現在的他實在沒心思在乎這種事。這裡真的安全嗎？又能待多久？就在泰介一臉警戒地吃著堅果時，女人像在催促他回應似地前傾。

「對吧？」

泰介決定先接招拆招：「看得出來嗎？」

「我從以前啊，就對這種事很敏感呢！看得出來啊！不想知道也知道囉。」

「……你有上網嗎？」

「啊？」

泰介很想確認她是否知道有關自己的那起騷動，所以沒來由地問。就在他反省自己這麼問實在太唐突時，幸好女人以為是和外遇有關的問題。

「上網認識的？」

「啊，嗯。」

「我不碰那種東西。反正要設定、申請什麼的交給我兒子弄就行了。聽說還有什麼給店家評分之類的東西，那是什麼呀？反正我不碰的。」

「是哦，原來如此。」泰介知道她不曉得網路上的騷動後稍稍寬心，隨口找話題：「你兒子呢？」

「就是個沒出息的敗家子啦！都三十了，也不去工作，成天打混……今天又不曉得晃到哪裡去了。」

「今天？」

「他就住這裡的樓上啊！沒救了。跟他爸一個樣，不敢指望啦！把我的話當耳邊風，整天遊手好閒。對了，要喝什麼？」

「那就……威士忌吧。你兒子等一下就回來嗎？」

「他會回來嗎？要怎麼個喝法？」

「……純飲。」泰介不想遇到三十歲的年輕人。聽女人的口氣，她兒子應該不會回來。暫且放心的泰介用女人遞給他的溼毛巾擦臉。

櫃檯後方有一扇門，應該可以通到外面，必要時就從那裡逃走——正當泰介反覆在腦中模擬逃亡路線時，女人一邊嚷著累囉、要休息囉，拉下一半的鐵捲門。泰介的緊張隨之舒緩，起碼暫時不會有人進來。

「有什麼可以吃的嗎？有點餓了。」

「真知子炒麵，別太期待味道就是了。」

「真知子？」

「我的名字。」

的確不怎麼美味，但對於現在的泰介來說，卻是好吃到快哭出來。真知子開心地看著大快朵頤的泰介，燦笑地說：「哎呀！有這麼好吃啊？我對自己的廚藝是有點自信啦！乾脆當作招牌菜算了。」

吃飽後，啜著威士忌，微醺滋潤著泰介的心。畢竟不能喝醉，所以酒量有所分寸，但泰介感受到從胃底湧起一股溫暖活力。不會有其他客人來，和老闆娘也沒什麼交情，沒人會想到泰介在這裡。就這樣在這裡待下去應該不會被發現吧。

泰介擔心家人狀況，也想報平安，反正找到遮風避雨的落腳處總是好的。被凍結的心彷彿有水注入，逐漸回復平常狀態。

雖是讓人舒心的落腳處，但也不可能久待，就在泰介想著待體力回復便離開時，睡意讓眼皮變得沉重，加上還沒想到要逃去哪裡，即使回復冷靜也還是覺得有點混亂、猶疑。

泰介隨意環視店內，瞥見最裡面掛著一件老虎圖案的夾克。既然掛著這麼一件品味實在不怎麼樣的夾克，應該是老闆娘的珍愛之物吧。泰介好奇地問。

「其實啊，那是以前大波憲一來店裡時留下的。」

沒聽過這名字。真知子說他以前是個小有名氣的歌手，當年以宇崎龍童的義弟身分出道，其實兩人沒什麼直接關係。這麼一說，好像聽過這名字，又好像沒有。泰介對這話題沒興趣，真知子卻沉浸在回憶裡般，用充滿思鄉之情的眼神望著夾克。

「那時多有活力呀！」

「誰？」

「全部啊！全部，」真知子嘆氣，啜了一口酒，「以前這一帶頗熱鬧，客人也不少，可是現在啊，年輕人都不喝酒囉。怎麼說呢？有種男人一代不如一代的感覺。昭和時代結束後就一直這樣，現在是真的不行啦！一點活力也沒有。年輕人不努力，只會給自己找藉口，已經爛到根底囉。」

泰介對這番話再同意不過，但現在可不是閒聊的時候，只好腦子一邊想著別的事，一邊假裝在聽似地附和幾句。可能覺得泰介是個好聽眾吧，在收音機流洩搖籃曲般的爵士樂催化下，真知子滔滔不絕地聊起她的前半生。

真知子為了一圓開間小餐館的夢想，高中畢業後就來到東京。沒想到邀約她來實習的餐飲店其實是酒店，不幸的人生就此開始。先是被渣男當作借款的擔保人，所以除了酒店的工作，還得兼差還債。每天辛苦工作的她總算和渣男斷得一乾二淨，去了另一個男人開的酒吧工作。總算能做些與餐飲有關的工作，無奈好景不常，才開始工作三個月，老闆就發不出工資，連夜逃走。真知子和男友的關係多少因為這件事開始惡化，甚至對她拳腳相向。她覺得再這樣下去，肯定連命都沒了。決心逃離魔掌，來到橫濱找了份工作，也和感覺還算靠譜的男人結婚。

婚後，在丈夫的故鄉光山市開了這間小酒吧「雫」，一邊養育孩子，人生總算如畫般的順利。就在她享受這份遲來的幸福，感覺人生總算朝好的方向發展，滿懷希望時，沒想到另一半竟然帶走她辛苦積攢的二十萬日元，從此人間蒸發。真知子發誓再也不靠男人，更加努力經營小酒吧，養育孩子。她希望孩子至少習得一技之長，當個有用的人，無奈事與願違，高中輟學的兒子到現在還是遊手好閒混日子。

「我越是努力，周遭人越扯我後腿，一直都是這樣，這就是我的人生啊！明明再也不指望任何人，沒想到人口減少、年輕人不喝酒，所以店裡的生意就像你現在看到的囉。現在的小孩啊，都不努力工作啦！也不做愛，不生小孩，沒上進心，也不喝酒。真的是哦……怎麼想啊，都是我們這世代最吃虧啦！沒錯吧？」

泰介不但沒認真聽，還在心裡批評真知子沒有看男人的眼光是她自己的問題，而且用字遣詞錯誤很多，有些語言癌的用詞勉強還能忍受，但有些用詞根本牛頭不對馬嘴，連字的讀音都說錯，實在讓泰介聽得很難受，無奈現在是非常時期，實在不好出聲糾正；但姑且不論這些，她說自己沒錯，都是別人害的這一點倒是戳中泰介現在的處境，所以對真知子的滿腹牢騷頗有共鳴。

可以說是完全符合自己現在的狀況。想想，截至目前的所有情形，自己都是受害者。泰介在酒精催化下，話匣子漸開；雖沒說出自己遭陷害而被迫逃亡的事，但起碼能發些小牢騷，這才發現小酒吧的氣氛還真適合吐露心事。泰介啾著杯子裡的威士忌，緩緩傾訴。

無能的上司，老是出包的下屬，加上敷衍了事的外包單位，總是提出無理要求的客戶。泰介每提起一件鳥事，真知子都會給予貼心回應。唉呀！真的好慘哦。不是你的錯啊！你已經很厲害囉。雖然真知子給人比較強勢的感覺，但不虧長年從事服務業，善於當個好聽眾。泰介不但想起幾個小時前掠過腦中的某件事，甚至連平常不太提及的家庭問題也一吐為快。

「你剛說你兒子不成材，其實我女兒也曾經惹上麻煩事。」

「是哦。」

「她很早熟，念小學就上網，上什麼交友網站和二十幾歲的男人聯絡，約好碰面。想也知道會幹這種事的男人絕對不是什麼好東西，就是人家說的——」

「蘿莉控。」

泰介輕輕頷首：「幸好我拚命阻止他們見面。那男的是慣犯，已經有好幾個女孩子受害了。」

「真是的！順利抓到了嗎？」

泰介再次輕輕點頭。只見真知子誇張地往後仰，連聲說著女兒沒事就好、就是因為太早熟才會做這種事、現在就是有這種心術不正的傢伙，在網路上幹這種壞事，不過幸好你及時阻止女兒做傻事——滔滔不絕地說些讓泰介聽著舒服的話語。

細想，自從因為「TAISUKE@taisuke0701」而爆發騷動以來，這還是初次有人感同身受，對他說些體己話。你沒錯、你做得很好、是這世界太奇怪了。許久未聞的溫暖話語，讓泰介的心情彷彿回到初次得到雙親誇獎的年少時代。太過分了。一定很痛苦吧。明明錯不在你啊！彷彿在憐恤他現在的處境，泰介的耳邊迴響著這些真知子沒說過的話。

沒錯，這是一場邪惡至極的陰謀。我根本一點錯也沒有，我是受害者。一旦有了這想法，向真知子發的成串牢騷全成了促使自身奮發圖強的猛藥，內心深處開始沸騰。

於是，泰介有了一個想法，而且很懊惱自己怎麼一直沒想到呢？

為什麼要逃？為什麼要四處躲藏？為什麼要想著該藏身何處？

自己親手逮到真凶就好啦！

凶手是誰？目前還沒有頭緒。不過，既然有人如此徹底調查我的事，那就應該不是陌生人。只要仔細調查，一定能揪出真凶，揪出那個陷害善良的人，暗自竊喜的窮凶惡極之徒，絕不讓他逍遙法外。只要找到揪出真凶的線索，就算泰介遭警方逮捕，也有機會證明自己的清白。

泰介心不在焉地聽著真知子抱怨兒子的事，暗自做了個決定。今天應該會在這間小酒吧待到天亮，明早開始搜尋揪出真凶的線索，所以必須再次確認那則在網路上引爆話題的推文——就在泰介用睡意侵襲的腦子怔怔地思索具體計畫時，廣播內容從天氣預報變成深夜新聞。

完全沒注意廣播內容的泰介聽到「大善市女大生命案」這幾個字時，突然很緊張。幸好真知子忘情地發牢騷，沒在聽廣播的樣子，但搞不好下一秒就聽到也說不一定。泰介一邊看著真知子，頻頻頷首附和，其他器官都用來注意廣播內容。

新聞先說明這起命案的梗概，接著說出陳屍公園公廁的被害人名字「篠田美沙」——果然是不認識的人。播報員還提及在泰介家中發現的女屍身分待查。

播報員以沉穩聲音說出：「警方正在搜索與此案有重大關係的屋主。」著實讓泰介的心臟不由得緊縮，接著又說：「警方發現，目前行蹤不明之屋主的車子被棄置於希土町的釣具店，車上留有一套疑似屋主穿過的西裝，警方認為他可能換穿運動服，正全力搜查中。」如此清楚傳達。

不曉得真知子聽到「運動服」這詞會不會有反應？泰介瞬間背脊發涼。幸好她忙著批評兒子因為交到壞朋友，才會誤入歧途。很好，繼續這樣吧。為了促使真知子講得更起勁，泰介不但用力點頭，還露出有點誇張的表情和動作，藉以表達感同身受。

真是夠了。新聞趕快播報完啦！不對，再多給點情報。

泰介的心情矛盾不已，直到播報員說出「下一則新聞」，這才鬆了口氣。就這樣結束了。不，是終於結束了。無奈只是暫時喘口氣，下一則新聞再次衝擊泰介的心情。

「十六日晚上，希土町四丁目發生一起暴力事件。一名三十幾歲男子涉嫌毆打應是流浪漢的五十幾歲男子，被害人目前陷入昏迷，傷勢嚴重，正在鄰近的醫療急救中心接受治療。被逮捕的男子聲稱：『我以為他是網路上引爆話題的那個逃犯，因為他一直抵抗，所以才出手毆打他，我也覺得自己下手太重了。』坦承犯行。」

握住玻璃杯的手不自覺地用力。

泰介一想到那些只敢在網路上囂張的人們居然真的想加害自己，頓時心生難以言喻的恐懼。他當然明白自己可能會遭到襲擊，也做了最壞的打算，但事情真的發生時，內心的衝擊更大。也許真的會被毆打，甚至打到不醒人事。泰介焦慮地無法控制酒量，喝了一口威士忌，深深嘆氣後又喝了一口。

既然廣播有報導這則新聞，電視和網路當然也會報導，搞不好身穿運動服四處逃亡一事已經成了所有媒體的新聞焦點。泰介判斷自己不能再穿這一身服裝在外面活動。

必須換掉這身衣服才行——他的視線自然而然地看向裝飾在牆上的那件紀念品。

「……這夾克真好看啊！」

「嗯？嗯。是啊。怎麼突然說這個？」

「沒啦……想說能不能賣給我。」

「別開玩笑了。這世上哪有人會輕易把傳家寶賣給別人啊！」

泰介思索著有什麼方法能讓對方出讓這件夾克，無奈醉意襲身，腦子無法好好思考。絕對要逮到真凶的決心、慘遭襲擊的流浪漢、已經曝光的這身服裝——所有事情在腦中複雜地糾纏著，懶得思索的他又喝了一口酒。正想著真知子打呵欠的次數也變多時，突然覺得額頭刺痛，原來是打瞌睡時，額頭撞到玻璃杯。泰介用力搖頭，試圖驅趕睡意，可惜無效。早上六點半起床，中午過後被捲入這起騷動，又在深夜跑了十七．六公里，體力當然快透支。

泰介覺得自己大概閉目養神了十五分鐘吧。心想慘了的他趕緊抬頭，發現真知子不在。他望向店門口，原本半開的鐵捲門全部升起，門上嵌著的毛玻璃泛著魚肚白，天亮了。瞅了一眼手錶，現在是早上七點零五分。睡了那麼久嗎？睡得可真熟啊。幸好腦子頗清楚。就在他趕緊努力掌握狀況時，外頭傳來竊竊私語。瞬間，泰介意識到自己並非自然醒來。

其中一個怎麼聽都是真知子的聲音，另一個則是年輕男子的聲音。聽不清楚他們說些什麼，不過感覺得到年輕男子刻意壓低音量。仔細一瞧，毛玻璃上映著模糊的黑色剪影。

「什麼意思？你想說都是我的錯囉？我哪知道啊？」

男子像要勸告怒吼的真知子收斂一點，稍稍提高音量，泰介總算聽清楚他說的話。

「你太大聲了。要是吵醒他，怎麼辦啊？」

籠罩在腦中的薄霧完全散去，泰介緩緩起身。和真知子交談的應該是那個沒出息的兒子，聽他的口氣，似乎看過泰介睡著的模樣，也知道網路上那起騷動，所以為了避免吵醒泰介，才把真知子叫到店外。

既然如此，只有逃走一途了。即使是非常時期，泰介也不想吃霸王餐，於是在吧檯放了一張萬元鈔，聊表心意，但想到要拿走那件傳家寶，總覺得應該多給些，便決定留下兩萬日元。泰介小心翼翼取下掛在衣架上那件大波憲一的夾克，迅速穿上。想到出了店之後，可能暫時無法吃喝的他趕緊喝了一杯冰水，再次將肩背包斜掛在胸前，準備從後門離開時，又想了一下要帶的東西，取下包包又重新背好。

門外是一條窄巷，路邊放置著成堆啤酒箱，泰介走過小巷來到商店街的主要街道。本來還擔心路上人潮熙來攘往該如何是好，沒想到一抹疑慮隨即煙消雲散，早上的商店街依舊冷冷清清，幾乎所有商店都拉下鐵捲門。沒遇上任何人的泰介迅速走過商店街，來到國道與線道交界的大十字路口。運動服上頭只罩著一件衣服，根本無法抵禦冬日的寒氣，泰介冷得縮起身子。

和昨天一樣，又要開始逃亡旅程，但他的心中卻起了戲劇性變化。

不是逃，而是追。

除了要提防那些正義魔人，警方也將他視為嫌犯，展開全面追緝，所以一路上勢必得躲躲藏藏才行。即便如此，對泰介來說，敵人不是在身後，而是在前方。

他在小酒吧時就想過，目前最需要的是與凶手有關的情報，所以勢必得上網才行。問題是，手機留在車上，也不可能向別人借手機來上網。

泰介抬頭看著十字路口的路標，繼續往前走的話，就能抵達神通郡。不熟光山市，神通倒是去過幾次的泰介知道車站前面的情形，還有幾間餐飲店的位置。有位曾經是他的部屬，現在轉行當藥品製造商業務的舊識就住在那裡。泰介不但是他的證婚人，還常常帶他去打高爾夫，待他有如親兒子，雖然兩人的年紀沒差那麼多。總之，在他帶過的部屬當中，算是數一數二的愛將。三年前他要轉行時，泰介不忌諱兩人是否還在同一間公司，不吝惜地給了很多建議。

「TAISUKE@taisuke0701」這帳號的確偽裝得很完美，可以理解公司的人為何都被騙了。但泰介相信只要再給點時間，一定能澄清誤會。他自認待人處事不差，頗有人望，所以只要大家冷靜下來，一定能明白他不是會上網做那種奇怪之事的人。

去找他幫忙吧。泰介確定目的地。

警方當然會鎖定泰介可能會去的地方，但總不至於連已非大帝建設的前員工都列入名單吧。只要聯繫上他，情況就會好轉。況且不同於小酒吧那種暫時落腳處，可以在他那裡待上幾天、幾週，萬一不太順利，就得躲上幾個月。

離神通還有十二公里。泰介壓低帽子，往前跑。

即時搜尋關鍵字：小酒吧／山縣泰介
十二月十七日，上午八點十一分
過去六小時，共一二二八則推文

高信 @dropndrop123

我家附近的小酒吧來了好多警察。偷聽了一下，好像藏匿了山縣泰介一天，還被他偷走店家珍藏的老虎圖案夾克。一想到殺人凶手竟然在我家附近待了好幾個鐘頭就很怕啊！現在可不是熬夜打狩龍戰記的時候（↓喂）

中野太一 @taichi_nakano1112

這要是真的話，實在不懂店家為何不報警，還藏匿？就算是常客，也不能包庇殺人犯啊！小酒吧的老闆也該判死刑才對。勇敢舉報才是為社會著想吧。只能說真的是腦袋裝屎。

↓引用推文：我家附近的小酒吧來了好多警察。偷聽了一下……

猴老大＠對執政黨說不 @boss_monkey_z

蛤？這要是真的話，不就穿著老虎圖案夾克四處逃？也太顯眼了，馬上會被發現吧？腦殘嗎？

↓引用推文：我家附近的小酒吧來了好多警察。偷聽了一下……

只說正確言論的愛國者 @japanpride0211d

不是很清楚狀況啦！但經營小酒吧的不都是歐巴桑嗎？山縣泰介的長相只在網路上曝光，所以不上網的話，可能不會發現吧。若是這樣的話，要怪就怪不正式公布凶手長相的媒體和警察。趕快公布長相，用力報導啦！

↓引用推文：我家附近的小酒吧來了好多警察。偷聽了一下……

7 住吉初羽馬

「要是再繼續採多數決理論，選舉對於我們年輕人來說，就沒意義了。反正不管再怎麼呼籲大家要出來投票，結果還是因為採多數決，贏不過老人家啊！」

沒錯，就是這樣啊！真是有夠蠢。真是夠了。不改變不行啊！

「每次想到政治到底是為了什麼，不就是對未來的投資嗎？可是啊，不只投票的人，那些政治家一個個都是老人，不是嗎？端出來的政策有夠短視近利。反正就算政策錯誤，還要活個二、三十年的又不是他們，拍拍屁股就走人了。真的是從根本就大有問題啊！」

沒錯！我也是這麼想。我的看法也是如此。

初羽馬一邊和六名社團夥伴交相議論，一邊啜著咖啡。

週末上午九點。社團的例行朝會是在大學附近的觀景台——大善星港最頂樓的休憩區舉行。每次的議題依當時情況而定，多是以他們認為很重要的社會案件為題。

社團名為「ＰＡＳ」，創社者不是初羽馬，而是比他年長五歲的學長。ＰＡＳ這名稱取自「Progress」（進展）、「Advance」（進步）與「Step up」（行動）的第一個英文字母，是個針對社會問題，以他們的觀點剖析時事的社會派社團，也是有時會舉辦活動的活動類社團。社團名稱含有促使社會進步的意思。

現任社長，也就是初羽馬雖然才大三，卻已經結束求職活動，源於已經畢業的社團學長的一句話：「初羽馬，你知道為什麼日本的IT企業在世界舞台上鬥不過別人嗎？」學長滔滔不絕地分析給他聽。

結論就是，日本企業無法破除「年功序列制」*，畢竟對於IT產業來說，再也沒有比這更沉重的枷鎖。使用新型態網路服務的是年輕人，發想滿足新需求的新鮮創意也是年輕人，但就算提出再怎麼劃時代的新穎創意，要想推行企劃還是必須獲得五十、六十世代上司的首肯。結果就是明明可以馬上付諸行動，卻被無法理解服務本質的老人以各種過時價值觀刁難，只因為他們認為不怕麻煩、慢工出細活才是美德；雖然便利並沒有錯，但便利往往會錯失事物的重要部分，這般毫無根據的莫名不安，只是無意義地延宕企劃的推進，

* 譯者注：以年資和職位論資排輩，訂定標準化的薪水。

結果就是被世界遠遠拋在後頭，深陷這般惡性循環。所以，要想在IT產業創出一片天，絕對不能進大企業，而是要去擁有更多決定權的小公司，或是乾脆自行創業。

初羽馬聽著學長說明，心裡卻輕蔑地認為不過是還沒踏入社會的大學生見解罷了。然而，當學長真的成立公司，研發出以減少食物浪費為目的，提供企業與消費者之間的供需配對APP時，他的看法幡然一變。學長好厲害，真的做到了。雖然這款APP的普及率尚未達到目標值，但學長的行動力深深觸動他的心。

我也想和初羽馬一起打拚，如何？要不要來我公司？

初羽馬對於IT產業還算有興趣，況且有完美先例證明進大企業也沒意義的理論，所以他爽快允諾，同時也結束了求職活動。

現在應該盡量充實自我，參與討論。這麼想的初羽馬更加積極推動自己擔任社長的PAS社團活動。兩年前社團還有十二名社員，隨著學長們畢業後，目前銳減到只有六個人，所以即使是別校的學生也無所謂，希望明年能多招募些大一新生。因此，必須多多集會，提升社團內部運作機制才行。

大善星港高約一百二十公尺，雖不是什麼驚人的高度，卻能一覽無遺多是低矮建築物的大善市區。休憩區的咖啡沖煮得相當美味，人也不多，初羽馬很喜歡朝會時間，其他社團夥伴應該也是，總覺得在這裡集會討論，遠比在社團教室更能發想出有趣的點子。

大夥正在討論時，桌上的手機突然震動。基本上只要和別人在一起，就不看手機是初羽馬的原則，但因為顯示的是幾乎不會收到的X私訊通知，所以讓他頗在意。反正討論已經偏題，變成車站前新開的布魯克林風咖啡館很時髦之類的話題，初羽馬隨即點開私訊。

櫻（桃）@sakuranbo0806：等一下方便碰面嗎？有要事相談。

咦？「櫻（桃）」是誰啊？初羽馬看了一下帳號的自我介紹，馬上想起來。她參加過由PAS主辦，名為「思考網路交友研討會」的活動，雖然不同系，但也是學園大的學生，記得是比他小一歲的大二生。

什麼事啊？初羽馬想了想，實在沒什麼頭緒。PAS目前沒有計畫舉辦新活動，和她之間也沒什麼私下往來，對方難得緊急聯絡，不理會好像不太好——這恐怕只是初羽馬說服自己的藉口，因為他清楚想起對方是個相當漂亮的女生。

初羽馬當場回覆自己正在大善星港進行社團活動，十點以後沒問題，旋即收到對方要過來找他的回覆，這讓初羽馬的心有點怦然。

朝會結束後，大家通常會一起去哪裡玩，倒也沒強制參加就是了。今天因為和人約好碰面，所以十點朝會一結束，初羽馬就說自己有事要先離開。

這裡是休憩區兼觀景台，就算不消費也能隨意進出，所以不少人純粹來此眺望風景；但坐在另一邊的位子，挺直背脊，一直凝望遠處群山的男子看起來就是不太對勁。初羽馬不由得放緩腳步，默默觀察他。

年紀看起來和初羽馬差不多，但神情疲憊，感受不到絲毫活力。白T恤和黑褲的裝扮也很一般，只是身上的外套像是剛從衣櫃拿出來似的皺巴巴，領口別著一枚不曉得是不是基於個人嗜好，印著少年漫畫《翡翠雷霆》字樣的徽章，看起來不過是個銀色裝飾品，但知道那是漫畫周邊商品，就覺得有股難以言喻的滑稽。他到底在看什麼？初羽馬循著他的視線望去，果然沒有任何醒目的東西，只有閑靜住宅區與綿延群山。

說詭異確實頗詭異，但男子也沒做什麼不好的事。初羽馬覺得還是別有所牽扯為妙，在洗手間梳整頭髮後趕緊去搭電梯。當他按下按鈕時，瞥見貼在牆上的一張海報。

限定重現版燈光秀，十二月十七日（六）、十八日（日）晚上六時起看來應該是重現幾年前在觀景台舉辦過的主題燈光秀活動。不曉得她要商談的是什麼事，但要是聊得愉快的話，或許可以趁機約她一起來看燈光秀。

偷偷打著如意算盤的初羽馬瞧見在一樓大廳等待的「櫻（桃）」，一副上氣不接下氣的樣子，有點怔住。她穿著時髦的毛呢大衣，卻腳踩一雙洞洞鞋，雖然一如印象中是個美女，但看她那慌張的模樣，實在不適合開口邀約喝茶或晚上一起去看燈光秀。

「你是『住初』先生吧？」

「住初」是初羽馬的帳號名稱。初羽馬驚訝地頷首。

「你有車子吧？」

「……嗯，有。」

「請你和我一起去找人。」

「找人……找誰啊？」

「山縣泰介。」

初羽馬記得這名字，只是沒想到自己又和這名字扯上關係。

他很驚訝山縣泰介居然殺害兩名女性，也曉得不少 YouTuber 放話要逮到他，但從沒想要參一腳，也沒興趣。殺人者就該接受法律制裁，所以當務之急是盡快逮捕歸案，但這是警察的工作，怎麼樣也輪不到他頭上。

她是那種超級愛跟風的傢伙，還是愛湊熱鬧到不行的好事者？瞧見美貌底下竟有著卑劣本性的事實令初羽馬失望不已，沒想到她卻懇切地說明來意。

「被殺害的女生是我的閨密。」

這句話衝擊初羽馬的心。一旦知道事實，就能感受到她想替好友申冤的急切與憤慨，哭腫的雙眼顯示她有多難過。

「我覺得這種事應該是警察——」

「我知道，可我怎麼也無法原諒那個人，想說至少能幫忙逮到凶手。事情都鬧得這麼大了。我真的沒辦法什麼也不做，真的沒辦法。」

雖然初羽馬依舊面有難色，但終究被她的真切眼神說服。

「好吧。」

車子停在大善星港的停車場。初羽馬繫好安全帶，一邊啟動引擎，詢問坐在副駕駛座的她。

「先去哪裡呢？」

「先去希土的釣具店，山縣泰介的車子好像停在那裡。」

初羽馬正要在導航裝置上輸入目的地時，「櫻（桃）」卻說由她來帶路就行了。遇到紅燈時，他瞧了一眼坐在旁邊的她，果然長得很漂亮。不是那種文靜型女生，而是散發活力的健康美，五官無可挑剔，滋潤眼瞳透著機靈。這麼想實在不太應該，如此完美的她焦慮不安的模樣散發著絕妙性感。

「你知道『からにえなくさ』是什麼意思嗎？」

冷不防被這麼問的初羽馬一時傻住，但馬上想起來是那個帳號提到的神祕文句。

如同表面上的意思，垃圾清掃完畢。要是第一個人也有拍照就好了，還在考慮要不要帶去「からにえなくさ」。

「不曉得耶。網路上有很多人在比賽破解這句話的意思，但好像還沒有人破解成功，會不會根本沒什麼特別意思呢……我也不太清楚。你有想到什麼嗎？」

她盯著手機畫面，悄聲回了句：「沒有。」

要是自己最好的朋友慘遭殺人魔殺害，會是什麼樣的心情？初羽馬試著想像她的心境。果然無法原諒吧。失落、悲傷、懊惱、憤怒。明知這麼做一點用也沒有，還是無法坐視不管，想要親手逮到凶手——初羽馬完全可以理解她的想法。

雖然不太可能逮到凶手，就盡量體諒她的心情吧。

初羽馬覺得為她的側臉著迷的自己很羞愧，待綠燈一亮，他比平常更用力踩油門。

8 堀健比古

「山縣先生有和您聯絡嗎？」

「沒有。」

雖說是嫌犯的家屬，但不能進行夜間偵訊。昨天很晚才離開芙由子娘家的堀和六浦於隔天早上九點再次造訪。

若是有想起什麼，或是和山縣先生聯絡上的話，不管多晚都行，還請告知我們一聲。堀與六浦輪流在大善警署的武技道場打地鋪，等待芙由子的聯絡，卻遲遲沒有好消息。

還是沒找到山縣泰介。搜查會議上批判聲四起，先是指責最初的機動搜查隊成效不彰，又批評縮小搜索範圍的通訊指令室判斷錯誤，一向特別看重鑑識結果的副本部長也挨批。不，沒有從嫌犯家屬口中問出山縣泰介是個運動健將的搜查員，也就是堀與六浦也被批評辦事不力。

警察不是小孩子，不會花一兩個小時互踢皮球、推諉卸責，但任誰都有一種幫別人擦屁股的感覺。

結果，直到今天早上接獲光山市一間小酒吧的報案電話為止，警方始終無法掌握山縣泰介的行蹤。其實就堀來看，指令室的緊急處置並無問題，雖然希望只在一開始上場的機動搜查隊能更機敏一點，但一切按照指示行動的他們也沒什麼疏失。擔任搜查副本部長的縣警鑑識課課長確實有點缺乏領導力，但就算追究是誰的責任，山縣泰介也不會突然現身，眼前還是要以盡快逮到嫌犯為首要目標。

客廳的模樣和昨晚一樣，三位家屬的氣色卻比昨天更差，畢竟至親家人成了四處逃亡的殺人犯，肯定無法安睡吧。

堀和昨天一樣把地圖攤放桌上，這次用藍筆標示小酒吧的位置。

「您應該已經看過新聞報導。山縣先生最後一次現身是在這間小酒吧。推測他應該是從希土的釣具店，像這樣沿著海岸線北上。就像我昨天說的，一旦決定逃亡，基本上內心會想要朝北或西的方向前行。這附近有山縣先生可能會去的地方嗎？」

芙由子似乎對於昨天沒能提供這樣的情報深感抱歉吧。只見她絞盡腦汁般盯著地圖，最後還是敗下陣來似地低著頭。

「……抱歉。」

真是夠了。堀不爽地想咂舌。

仔細想想，完全沒從她這裡得到任何情報。不管問什麼，只會回答不知道、不知道、不知道。昨晚記者會上發布了山縣泰介身穿運動服逃亡的消息，其實這消息只是堀的直覺。放在後車廂的會不會是運動服呢？既然喜歡打高爾夫，搞不好是高爾夫球裝。總之，我覺得應該是方便活動的衣服。您覺得呢？請回想一下洗衣服時有沒有洗到這類衣服。

試著換個方式，從各種角度詢問她，得到的卻始終是曖昧的回答。最後芙由子似乎抱著反正你都這麼說了，那應該就是的心態，毫無自信地回了句：

「我想……應該是運動服。」

結果和光山市小酒吧老闆娘的證詞一致。山縣泰介的確穿著運動服，幸好沒有誤導偵查方向。

要是有人能從這女人口中問出山縣泰介到底多擅長運動的話，堀想馬上和他交換工作。為什麼挨罵的總是我們呢？

「你真是夠了！」

代替只能生悶氣的堀，斥責芙由子的是她母親。

「我啊，已經不相信你說的話了。」

她從昨天就毫不掩飾對於女兒的極度不滿，過了一晚後情緒更失控。怎麼會對自己的丈夫如此漠不關心？就算對方沒有主動告知，也要主動問，知道他到底在做些什麼，過得如何，掌握他的社交情況，打理好這些事是為人妻子的責任啊。男人根本不懂得處理敏感的人際關係，所以另一半要幫忙問候眾親好友，連這些都不做，算什麼妻子啊！

芙由子當然不會乖乖挨罵。我也有盡本分，做好該做的事啊！女兒都是我在管教，泰介根本不關心。張羅三餐、洗衣服這些家事也是我一手包辦。他從來不會跟我抱怨工作上的事，既然他不想說，我也不會問，但要是真的出了什麼問題，我還是會關心。我只是覺得這樣才能維持夫妻之間的和諧關係，不要老是把你那套標準套用在別人身上。

芙由子的母親再次反駁，芙由子也不甘示弱地回擊。芙由子的父親並未出聲制止母女倆爭吵，只是神情微妙地坐在餐桌旁瞅著這一切。眼看即將上演全武行時，六浦終於忍不住出聲緩頰。

「我明白你們的心情，兩位先冷靜下來吧。」

可能是六浦那無害的笑容，讓母女倆為自己的失態羞愧不已，收斂起失控的情緒。

根本是昨天的翻版。堀深深嘆氣。

9 山縣夏實

即使天明，晴朗早晨還是沒來到夏實的心裡。

夏實在沉重氣氛中，和母親及外祖父母一起吃過早餐後，再次窩進和室，任憑時間流逝。倒也沒人叮囑她絕對不能離開房間，只是她自己也沒有想出門的念頭。

和昨天一樣，今天也聽得到母親與外婆在客廳的交談聲。昨晚夏實站在走廊上偷聽了一會兒，但因為有些事對於年幼的她來說，有聽沒有懂，遂決定回房。反正就算聽到什麼，自己也無能為力。

每次回外祖父母家時，客廳最裡面的和室就是他們一家三口的房間。雖然房間整潔雅致，卻沒有任何能讓小孩子打發時間的東西，所以長時間窩在這處空間，就連淡淡的榻榻米味都令人厭煩。

夏實開窗，試圖轉換心情。穿上外套的她坐在簷廊上，深吸一口冷冽空氣，什麼都沒做，只是怔怔地望著對面鄰居家的外牆。十分鐘、二十分鐘，雖然寒氣沁染全身，總比嗅著榻榻米味道來得好。

「啊，山縣同學。」

沒料到會遇見熟人的夏實不由得打了個哆嗦。

從她眼前走過的是同班同學江波旦。

不用說，夏實正處於風暴漩渦中。昨天大家都很煩惱該如何和她相處，簡直視她為班上的腫瘤。幸好今天是週末，不必上學，畢竟現在待在學校勢必是一段相當難熬的時間。

他為什麼主動向我打招呼？明明不理會也沒關係啊。我又該如何回應呢？不知道。

夏實只好輕輕點頭回禮。想說江波旦應該會就這樣走掉，沒想到他卻朝夏實走來。只見他行禮打招呼後，跨過馬路與私有地的交界處，躡手躡腳地走向夏實。

「山縣同學，我在找你。」

夏實驚訝得說不出話來。為什麼找我？心情低落的她無法想像什麼樂觀的可能性，只覺得對方肯定會衝著自己發洩情緒吧。罵我嗎？還是撂一句「你爸真的很變態」之類的難聽話呢？

江波旦的表情卻絲毫沒有批評夏實的意思，反而顧慮她的心情般刻意壓低聲音說話。

「我先去了一趟你家，好像沒人在的樣子，所以就跑來這裡看看。記得你之前說過外婆家在這附近，可是門牌應該不是山縣，想說大概找不到了……居然湊巧遇見你。」

「……為什麼？」

「大家謠傳的那些都不是真的吧？」

夏實原本緊繃的表情因為喜悅而突然放鬆許多。他是夥伴。無奈如此溫暖的風僅僅吹了幾秒，內心的疑慮再次甦醒。就連夏實也不清楚謠言內容，有人竟然在她徬徨無助時說了這麼暖心的話，由衷感謝的同時，也不免懷疑對方不會毫無緣由地來找她。

「為什麼這麼想呢？」

「因為山縣同學不是壞人啊！」江波旦露出有點難為情的苦笑後，又說，「所以我覺得應該相信你，而不是相信那些謠言。」

江波旦的本名叫江波戶琢哉，因為大家都叫他江波旦、江波旦，所以夏實也是在心裡這麼叫他，沒當面叫過就是了。畢竟兩人不是那種熟到會閒聊的關係，所以還是叫他——江波戶。

他不是班上最出鋒頭的人，也不是領導人物，但他熱心參與班務，很有責任感。他曾提醒連續三次蹺掉放學後清掃工作的同學不該偷懶，也曾在班會上提議擬定公平原則，這些舉動讓夏實留下深刻印象。江波旦的學業成績不差，深得老師信賴；雖然彼此沒什麼機會打交道，但夏實覺得他這個人挺不錯，很認真。

這樣的江波旦相信我。

眼眶泛淚的夏實用幾乎聽不見的聲音，說了句「謝謝」。

江波旦有點害羞，像在主張自己的想法一點也沒錯似地用力頷首。

雖然對夏實來說，有人願意相信自己、安慰自己是多麼令人開心的事，但她不明白江波旦為何跑來這裡。不會只是想說幾句安慰的話而跑來吧？就在她思索該如何開口問時，從江波旦的口中迸出意料之外的話語。

「我……好像知道犯人是誰。」

「欸？」

「這次事件的犯人。」

這句話來得實在突然。夏實相信江波旦不是隨口撒謊的人，卻又覺得輕易相信他很不智，失望在她的心裡亂竄。這次的事件讓她真的很煩惱、很痛苦，甚至想過就此消失算了。什麼忙也幫不上的同班同學居然宣稱自己知道誰是犯人，夏實的心情怎麼可能會好，只希望對方不是存心耍弄。

夏實並不打算追問，江波旦倒是主動說出他為何知道誰是犯人的理由。

幾天前的某個下雨天，江波旦的祖父一如往常地整理庭院時，撞見可疑人影。姑且不論萬葉町那種縣內數一數二的大型住宅區情形如何，至少江波旦他們家那一帶來來往往都是熟面孔，所以只要有可疑人物出沒，馬上會被發現。

那個人窩在公園一隅滑手機，因為撐著一把大傘，所以只看得到他的背影，別說體型了，就連是男是女也看不出來。江波旦的祖父花了一個鐘頭整理完庭院後出門買東西，兩小時後回家時，瞧見那個人還窩在那裡滑手機，老人家頓時覺得不太對勁，想說走過去問一下，那個人似乎察覺有人靠近，倉皇逃走。

「總之，那個人真的很可疑，該不會就是這次事件的犯人吧。」

夏實有點緊張，心想不太可能吧。怎麼可能啊！江波旦究竟憑什麼說那個人很可疑？就在她悄悄地嚥了嚥口水時，江波旦從口袋中掏出一張小紙片。夏實看著紙片，一時忘了呼吸。

「我爺爺喊了一聲，走過去一看，發現那個人掉了這東西。」

——有三個磚瓦屋頂，以其中的「からにえなくさ」為記號。

神情緊繃的夏實抬起頭，瞧見江波旦的雙眼燃起正義火焰，用力頷首。

「我不知道這個『からにえなくさ』是什麼意思，但搞不好可以根據這個線索找到犯人。這樣山縣同學就能回歸正常生活，大家也不用擔心害怕了。」

江波旦說要去找他爺爺，再詳細問問當時的情形。像這樣累積各種情報，就算無法逮住犯人，也能揪出犯人的真實身分，一旦掌握線索，就能報警處理了。

「我們一起搜查犯人吧。」

夏實當然提不起勁這麼做。雖然不想再待在什麼都沒有的和室，但一想到可能有人在背後對她指指點點，她就寧可窩在安全的室內，沒想到江波旦最後說的一句話，促使她覺得自己必須有所行動。

「山縣同學不去的話，我就自己調查。」

母親不可能允許她外出。夏實躡手躡腳地走到玄關，提著自己的鞋子再次回到和室，從簷廊偷溜出去。

即時搜尋關鍵字：山縣泰介／小孩

十二月十七日，上午十點零四分

過去六小時，共一二七則推文

> **風花凜 @90fuka_rin**
>
> 看了在山縣泰介他家門口的直播，家裡還是沒人在的樣子。肯定把老婆小孩藏到哪裡去了吧。我不覺得一個人會住在那麼大的房子。搞不好是一家人集體犯案，也應該跟監凶手的家人。

> **佐野城仁（mental director）@sanoshiro_iin**
>
> 我兒子和山縣泰介的兒子就讀同一所高中。他兒子個性很凶暴，是班上公認的頭痛人物。果然有那種老爸就有這種兒子。想知道更多詳情，歡迎收看我的直播。

電氣 @electrical_shock

我不知道山縣泰介的兒子是什麼樣的傢伙啦！但放這種假消息，擺明了就是要拚直播流量嘛！就是有人要這種手段蹭熱度，搞不懂到底在想什麼？比起追逼他的家人，先逮到山縣泰介比較要緊吧。

↓引用推文：我兒子和山縣泰介的兒子讀同一所高中。他兒子個性很凶暴，是班上公認的頭痛人物……

天氣 Tenky@qwerty_tenty_sun56

我忘了是看哪裡的報導說山縣泰介有個念小學的女兒，但以他的年紀來看，總覺得小孩的年紀應該沒那麼小。都怪媒體每次都是擠牙膏般的報導，搞得我們都不知道能相信什麼了。要報導就好好報導啊！真是有夠遜。

10 山縣泰介

腳步變得輕盈。

不同於漫無目的地逃亡，現在的泰介有個明確目標與目的地，那就是揪出真凶，前往曾經共事的部屬家。相較於大善市區的繁華街道，單行道的縣道明顯冷清許多。拜平常沒維護的關係，路旁長著比人還高的雜草，一旦有什麼突發狀況還能躲進茂密草叢中。偶爾會經過幾間看來已經荒廢幾十年，形同廢墟的鐵皮屋，沿途沒有工廠、倉庫和住家。對泰介來說，無疑是絕佳的鄉間道路。

身上穿的不再是運動服也讓泰介的心情從容許多。他現在穿的是向小酒吧借來的夾克，下半身還是運動褲，但光是換件上衣給人的印象就差很多，加上球鞋也不是什麼專業跑鞋，所以靠著身上的衣服應該能蒙混過去吧。

神通車站附近應該比較熱鬧，在此之前都是綿延的鄉間道路。

安心感讓泰介敢放慢速度，畢竟為了預防萬一，必須保留體力。泰介開始一邊跑，一邊思索陷害自己的那個假帳號「TAISUKE@taisuke0701」究竟是怎麼回事，無奈手上沒有任何可以上網的工具，只能憑藉些微記憶分析一個個情報。

首先，帳號是十年前開設的。姑且不論這十年來，有人以令人瞠目的執著與縝密心態一直佯裝成泰介，帳號於十年前開設是不爭的事實。

也就是說，十年前的某件事促使凶手起了陷害泰介的念頭。

泰介試著回想十年前發生了什麼事。十年前並沒有什麼太大變動，那時他還沒榮升部長，但已經派至大帝建設大善分社，剛好是從集合住宅部門調到獨棟住宅部門的時期，並非人人稱羨的升官調職，所以沒理由遭人怨恨，一家人也是住在萬葉町的家，所以泰介怎麼想都想不到任何招人嫉恨的事。

必須早點抵達前部屬他家，才能蒐集情報，週末早上在家的可能性比較高。大帝建設因為業務性質的關係，固定週休星期二與星期三，但他現在任職藥廠，應該是週末休息。

先問問他十年前的事吧。雖然無法馬上想到誰可能是凶手，但搞不好能問出泰介不自覺得罪別人的事。現在泰介的腦子裡沒有任何凶手人選，所以要說最有可能的動機，只能想到嫉妒這詞。

學歷不錯，又任職於上市企業，順利出人頭地，薪水也跟著調升，擁有氣派的房子，溫暖的家庭，極有可能讓心態扭曲的人產生嫉妒之心。說穿了，也只想到這般可能性。

對了，記得十年前〇〇部的〇〇先生曾說他非常羨慕山縣先生——或許能從前部屬口中聽到這樣的情報。畢竟兩人十年前待的是同部門，肯定能弄清楚當時周遭發生的事情。

也想用電腦或手機再次確認「TAISUKE@taisuke0701」的推文，搞不好推文內容藏著和凶手有關的線索，所以一定得上網才行。還有那句神祕文字「からにえなくさ」，也可能從中得到什麼情報，一併調查就對了。

泰介不停跑著，越發覺得只要抵達前部屬家，事態就能迅速往好的方向發展。自己是他的證婚人，兩家有來往，也認識他太太；雖然這麼要求頗厚臉皮，還想借用浴室洗熱水澡，畢竟穿著單薄的衣服在寒冷冬夜跑了好長一段時間，早已冷到骨子裡，凍得連趾尖都沒了感覺；也想好好吃頓飯，還要張羅什麼的可能有點麻煩，但應該不會被拒絕才是。

看見希望。一定要抓到凶手。

就在泰介準備加速前行時，雙腳卻突然踩煞車，趕緊衝進路旁的草叢。他努力抑制喘息，不發出半點聲響地往草叢深處鑽。

有人從前方走來，而且不是一兩個人，而是一群身形魁梧的男子，三、四……一共六個人。

泰介已經跑了好幾公里，卻從未在這條路上和別人擦身而過。這條路很窄，柏油路面處處龜裂，不太好走，但這不是之所以人煙稀少的理由，而是這裡荒涼到沒什麼商店之類的可去，所以走在這條路上一點意義也沒有。要是有人走在這條路上的話——躲在草叢裡的泰介不停顫抖。

「DonDoki TV 外拍篇，山〇泰介討伐隊！」

泰介看到走在最後面的人高舉的手作旗子，全身毛孔瞬間滲出溼黏的汗，果然是他最不想遇到的傢伙。

走在最前頭的人扛著攝影機，一看就知道他們在拍片，可能是某家電視台在拍攝節目吧——泰介的想法之所以瞬間崩潰，是因為瞧見其中兩個人扛著銀色金屬球棒。

他們和昨天聚集在家門口的傢伙是同一類人。

要是晚個十公尺才察覺，肯定成了這幫人的獵物。泰介盡可能地壓低身子，慢慢地、慢慢地朝草叢深處移動，直到離道路約十公尺遠的地方才躺下來。嗅著久違的泥土香，祈禱他們趕快走遠。

不幸的是，他們朝著泰介來時的方向前進，眼看就要經過他藏身的草叢——絕對不能被發現。泰介稍稍撥開草叢，窺看那群人，不曉得是走累了，還是打從一開始就不是在找人，他們看起來一點也不像在拚命搜尋泰介，四處張望的樣子就像在拍攝閒逛節目，根本沒在注意草叢裡有何動靜。

沒事，他們等一下就走遠了。

無奈事與願違，這群人開始玩起無聊的餘興節目。

「Donkin，你要是真的遇到凶手，要怎麼抓住他啊？」

「欸？當然是像這樣啊！」

恐怕一路上反覆好幾次這般對話吧。那個名叫「Donkin」，身穿羽絨外套的年輕大塊頭男用力揮舞球棒，還劈向草叢一隅十幾次。只見其他同夥咯咯大笑地嚷著，慘了、慘了、這傢伙瘋了。

這夥人離泰介藏身處已經三十幾公尺遠時，又玩不膩似地重演一遍。要怎麼抓他啊？就說了，像這樣啊！從地上傳來棒子的重擊聲。泰介總覺得如此無聊的把戲要是一直持續下去，自己總有一天會被逮個正著。直到昨天，他還想說這些人才不敢真的動手，只是拿著棒子做做樣子罷了。但自從知道流浪漢慘遭攻擊後就不這麼認為了。泰介的腦中響起廣播節目主持人的聲音。

被害人陷入昏迷狀態，正在鄰近的醫療急救中心接受治療。

無法保證他們不會動手。自己絕不能被那麼粗暴、沒品，連話都不會好好講的愚蠢年輕人殺害。

泰介小心翼翼地拉開肩背包的拉鍊，尋找可以派上用場的東西。包包裡有打高爾夫用的望遠鏡、錢包、手帕及那封信，還有別在帽子上的球標——一種用來標示高爾夫球在果嶺位置的金屬道具。一時想不出什麼好主意的泰介看向另一側的人行道。果然什麼也沒有，只有鐵皮屋，除此之外——就在他這麼思忖時，突然心生一計。

那就是躺在草地上，將球標用力擲向對面的鐵皮屋頂。要是球標順利落在屋頂上，應該會發出相當大的聲響；這麼一來，就能成功轉移那夥人的注意力，引誘他們過馬路到另一側，遠離泰介藏身的地方，他就能趁隙鑽出草叢——真的能順利成功嗎？

就在泰介思忖這項作戰計畫是否可行時，球棒再次重擊地面。

實在稱不上是什麼完美計畫，但現在已經沒時間多想了。泰介的右手緊握球標，模擬著什麼樣的弧線能讓球標落在對面的鐵皮屋頂上。他像要準備投擲飛鏢似地伸長手、縮回，思索著要用多大力氣投擲最合適，高爾夫的試揮桿也是如此，要用多大力氣揮桿，才能讓球落在果嶺。

山縣，高爾夫是一種孤獨的運動啊！

這是教導泰介打高爾夫的上司說過的話。自己的失誤，別人無法代為彌補，也無法把原因歸咎於別人。不揮桿，球就不會動，球洞的位置也不會改變。要給自己找藉口，也只能說是受到風啊、鳥叫聲、鳥兒飛過之類的因素影響。無論結果是好是壞，只能靠自己的力量讓球進洞；無論成功還是失敗，一切取決於自己，所以高爾夫是一種傲慢、孤獨，卻充滿魅力的競技。

上司早已退休，他的這番話成了泰介的座右銘。高爾夫這種運動孤獨卻有趣，成功與否取決於自己，完全貼合他現在的處境。泰介做了個深呼吸，腹部用力。

他偷瞄一眼那夥人。好不容易決定如何投擲最完美，要是動手的瞬間被他們發現就糟了。泰介趁他們沒注意時，偷偷地、大膽地投擲球標。

畫出美麗拋物線的球標雖然稍稍被風吹偏，還是順利落在——

屋頂上。

發出比泰介想像中還要大上一倍的聲響，就連投出球標的本人都嚇了一跳，那群年輕人就更不用說了。只見他們驚叫一聲，互瞅彼此，隨即奔向鐵皮屋。

與其說他們認為那是泰介發出的聲響而奔去，不如說是覺得聽到神祕聲響而衝去瞧個究竟的影片很有趣。泰介總覺得那夥人衝向鐵皮屋的模樣像在演戲。

只見一群人衝向對面。

泰介緩緩起身，抓準時機在草叢中迅速前行。「哪裡？在哪裡？」「找啊！快啊！」「八成是那個凶手搞的鬼！」那夥人果然大聲嚷嚷地搜索對面的草叢，大塊頭男揮舞著球棒。

應該安全了吧。確認他們正在搜索鐵皮屋一帶的泰介趕緊衝出草叢；雖然繼續在草叢中前進也行，但草叢越來越低矮，怕是無法藏身。泰介從昨天的電視節目學到一個教訓，那就是行為鬼祟很容易被盯上，所以他沒有一股腦兒地往前衝，而是咬緊牙關，壓抑想回頭瞧個究竟的衝動，快步離開。

雖然依舊緊張，但他覺得應該安全脫身了。畢竟離那夥人越來越遠，也不認為他們會機敏地覺得有人走在如此荒涼的地方很怪。況且大家要搜尋的是身穿運動服的男子，自己已經變裝了。所以絕對不會被察覺。放心，沒問題的。泰介這麼安慰自己。沒想到往前走了幾十步時，身後傳來不祥的聲音。

「是穿老虎圖案夾克，沒錯吧？」

「沒錯！那個人穿的是老虎圖案夾克，反正看到穿這種夾克的人，抓起來就對了！」

泰介差一點驚呼。他早就料到酒吧老闆娘的兒子肯定會報案，卻沒想到他拿走老虎圖案夾克一事迅速傳開。穩穩踩在地上的雙腳使不上力，明明剛才還快步前行，此刻卻覺得整個人像塊海綿，彷彿漫步雲端似的輕飄無力。

不會有事的，往前走，再走一下子就能遠離他們的視線。前方有個小拐彎，所以再往前走一小段路，就能完全離開他們的視線範圍，再走個幾十公尺就能進入安全地帶。泰介一邊鼓勵自己，一邊壓抑想往前衝的念頭。放心、沒事的。泰介不斷安撫自己，身後卻傳來像在嘲笑他似的殘酷聲音。

「咦？」有個年輕人出聲，「那裡是不是有人啊？」

心臟差點停止。不管了。衝吧！逃吧！泰介努力無視內心響起的聲音，保持一定速度前進。全力往前衝確實較有可能順利逃脫，但同時也證明自己就是山縣泰介。行為鬼祟是一大忌諱，還是以一般速度前進較為妥當。

「怎麼啦？」

「那邊好像有人。」

「哦？真的耶。」

泰介覺得一道道視線聚焦在自己身上。啊啊，不行了，好想往前衝，要衝嗎？論體力，應該不會輸給年輕人——就在他這麼想時，又傳來嘲諷似的笑聲。

「你腦殘啊！」有個年輕人不屑地說。

「根本就不是老虎圖案夾克啊！」

不行，還不能往前衝。直到確定完全脫離他們的視線範圍為止，泰介又往前走了約一分鐘後才敢回頭。

沒人追上來。

他不由得蹲下來，用雙手撫弄臉，像要抽換體內空氣般做了好幾次深呼吸。太好了，太好了。泰介慶幸自己的判斷是對的。直到離開小酒吧之前，他一直打算穿上那件知名歌手的老虎圖案夾克逃走，但正要離開時，突然覺得這件夾克太招搖，還是穿運動服比較好。就在泰介思索該如何是好，環顧店內時，瞥見掛在最裡面桌席椅背上的藏青色西裝外套。

那是客人忘記帶走的東西，因為一直沒來拿，又沒地方放，只好掛在那裡。至少比起拿走別人的傳家寶，罪惡感稍微少一些。於是，泰介穿上低調的藏青色西裝外套，把老虎圖案夾克擺在後門旁的啤酒箱上，倒也不是想藏起來，只是沒時間再掛回衣架了。

如果穿的是那件老虎圖案夾克——泰介害怕到發抖的同時，也很開心自己就算被逼至困境，腦子還是相當清楚。

泰介起身，再次奔跑在鄉間路上。

11 住吉初羽馬

「櫻桃同學……」

「叫我『櫻』就行了。」

「是哦……那叫我『住吉』或『初羽馬』就行了。」

從大善星港到希土町的釣具店，車程超過二十分鐘。這期間，拜託初羽馬一起追查山縣泰介的「櫻（桃）」，應該說是「櫻」的神情始終緊繃。

想報仇，卻苦無最佳對策。坐在駕駛座上的初羽馬感受到櫻的焦慮與困惑。現在的她沒什麼心情閒聊，但一直沉默下去只是讓車內氣氛更為凝重。初羽馬望著前方，心想如何舒緩她的心情。

「可以問個問題嗎？」

「……什麼問題？」

「你朋友是什麼樣的人？」

櫻瞇起眼，咬著唇。也許不該這麼問。初羽馬在心裡反省，正要說不回答也沒關係時，櫻卻緩緩開口：

「篠田是我的高中同學……我們高二時同班，她是個非常認真的女孩。參加管樂社的她總是很認真練習……有時還會吹給我聽，超厲害的。記得畢業典禮時，我們哭著說上大學後還是要一起出去玩。我們常用ＬＩＮＥ聯絡，還約好今年一起去迪士尼樂園。」

櫻突然沉默，沒再繼續說下去。初羽馬好奇地瞅一眼，只見櫻一臉嚴肅地緊抿著唇。害她想起難過的事，這麼想的初羽馬為自己的冒失道歉。

「謝謝你告訴我這些，凶手真是不可原諒！」

「……沒錯。」

初羽馬想起山縣泰介的臉，再次意識到他奪去一個人——不，他殺了兩個人，這兩位女性都有著屬於自己的人生。人與人之間的牽繫，與別人共創的回憶、種種的羈絆。初羽馬想著想著，內心的怒火再次燃起。

他心中對於山縣泰介這個殺人犯的怒火，開始轉向主宰現今社會的上一代；雖然初羽馬並未將這事件解讀成整體社會的縮影，卻認為這是上一代引發的問題，然後要年輕人承受的典型事件，可說完全應證他的思維，也就促使他心中的怒火燒得更旺。

可惜不管再怎麼憤怒，沒有搜查經驗的門外漢根本不可能輕易掌握線索。

釣具店已如常營業。不曉得山縣泰介開的是哪款車的初羽馬上網搜尋，很快就查到他的愛車是賓士ＧＬＥ。初羽馬家境還不錯，卻對開賓士車的人感到不屑，因為他覺得開賓士車的傢伙都是愛慕虛榮、胡亂花錢的蠢貨。好車的定義是什麼？日本沒有所謂的聯邦高速公路*，如何展現車子的絕佳性能？所以買這種昂貴的進口車，怎麼想都是浪費錢，況且保養費也是高得嚇人，還不如買輛使用普通汽油的油電混合動力國產新車——這是「初羽馬宇宙」中的唯一選項。

山縣泰介的賓士車已經沒停在釣具店的停車場，應該是被警方拖走了。這也是理所當然的事。

這麼一來，根本沒有半點線索可言。想想，就算留下這輛賓士車，也不可能從棄置的車子鎖定山縣泰介現在的藏身處；雖說初羽馬是被櫻為友討公道的決心打動而來到這裡，但其實他始終認為毫無搜查經驗的門外漢根本不可能逮到逃亡中的凶手，何況來到這裡也

＊ 譯者注：德國的聯邦高速公路基本上是沒有速限的，但隨著車輛增多，目前沿途的許多城鎮都設有速限。

掌握不到半點線索。

不同於早就放棄的初羽馬，櫻還是一心想抓到凶手。一到釣具店的停車場，她就飛也似地衝出車外，不漏失任何蛛絲馬跡地搜尋四周，在停車場巡了好幾趟，仔細勘查釣具店周遭，還問了釣具店老闆一些事。

旁人可以輕易批評她是因為憤怒與焦慮而失了冷靜，但那為了搜尋殺害摯友的凶手，而拚命搜尋的模樣著實令人心疼。那麼，要是找到一條凶手落下的手帕又會如何呢？答案是，找到又能怎樣？警方早已帶走現場所有可能做為證據的東西，所以她現在做的事一點意義也沒有。即使如此，初羽馬還是不忍請她停止這一切無意義的行為。

「還是上網蒐集情報比較有效率。」

接受初羽馬建議的櫻總算回神似地頷首。兩人回到車上，各自掏出手機搜尋情報。想說應該能輕易搜尋到後續情報，沒想到獲取正確情報比想像中來得困難。

發現山縣泰介。那個人好像是山縣泰介。我和山縣泰介是同學。

這起事件發酵得太快，網路上充斥各種不實情報，難以分辨哪些可以參考，哪些是捏造的假消息；不過兩人努力搜尋一陣子後，找到被誤認是山縣泰介的流浪漢遭襲擊一事，以及山縣泰介藏匿在光山市一間小酒吧的情報。一個五十幾歲男人真的能從希土町的釣具店一路跑到光山市嗎？雖然十分可疑，但從引用轉推的次數，以及原推主的過往推文來看，判斷應該是可信度相當高的情報。

你看一下這個——初羽馬將手機遞向坐在副駕駛座的櫻。她也覺得這消息可信。

「這看起來應該是真的耶。」

「是吧。可是真的能逃得這麼遠嗎？我有點懷疑就是了……」

「我覺得這個可信度很高，可以去一趟光山嗎？」

初羽馬發動車子。雖然取得有力情報，但初羽馬還是無法想像他們能比警方早一步抓到凶手。畢竟警方一定也會上網，況且他們可是搜捕嫌犯的專家，門外漢怎麼可能贏得了他們，但一想到櫻的心情就無法放緩車速。

櫻是不希望自己後悔嗎？——初羽馬只能如此揣測，但總覺得應該是這樣沒錯。山縣泰介可能不久之後會被逮捕，也可能從此逍遙法外，如果事情真的變成後者，如果什麼也沒做，只是袖手旁觀的話，她肯定會後悔一輩子。

只要我有所行動，搞不好真的能逮到他。

所以她是為了不自責而展開搜查行動囉？明知只是自己的臆測，但至少這麼想能讓初羽馬理解櫻的行為。

「要是警方比我們先逮到他就好了。」

櫻聽到這句不經意脫口而出的話，一臉詫異地看著初羽馬。

「要是警方能成功逮住山縣泰介當然是最好囉。網路上有不少說要對他動用私刑之類的偏激言論，甚至還有無辜的流浪漢被襲擊，輿論風向明顯已經走偏了。這絕對不是什麼值得讚許的事啊！我們要是找到凶手，趕快提供情報給警方就行了。還是要由警方以人道方式逮捕嫌犯。」

「……也對。」

開著車，飛馳在鄉間道路的初羽馬頗在意櫻並未高度肯定自己的看法。平常車速頂多比法定速限高出十公里左右，現在的他卻猛踩油門，理由是迫於緊急狀況，況且交通流量不大的鄉間道路，就算加速一點也無妨。就在初羽馬這麼說服自己時，突然有人衝出來。沒有裝設紅綠燈的路口。想說反正沒人會過馬路的初羽馬，與想說反正也沒有車子的行人就這樣遇上了。只見老婆婆推著助步車過馬路，即時察覺的初羽馬用力踩下有生以來最猛的一次剎車，強大的慣性促使安全帶緊緊勒住身體。

幸虧發現得早，真是太好了。

車子在離行人穿越道幾公尺前停下來。老婆婆似乎沒發現車子差點撞過來，依舊緩步過馬路。

這是初羽馬考取駕照後，最捏把冷汗的一刻。車子完全停住後，過於驚嚇的他無法動彈。好不容易回神的初羽馬看向副駕駛座，問櫻是否還好時，頓時怔住了。

櫻沒事，安全帶也繫得好好的。但因為緊急煞車的緣故，擱在她膝上的包包倒了，裡頭的東西全都掉出來。從咖啡色小包包裡掉出來的不是錢包、化妝品，也不是折疊傘，而是兩把菜刀。

驚愕到說不出話來的初羽馬用眼角餘光瞄到櫻迅速拾起菜刀，塞進包包，然後緩緩抬起頭，壓低聲音對他說：

「可以快點開車嗎？」

12 山縣夏實

從外祖父母家快步走到江波旦他家，花了十幾分鐘。

夏實只知道江波旦他家位於學區最邊緣的地方，具體位置就不清楚了。沿途路況不太好，拐了好幾個彎之後，來到只容一輛車子通行的窄巷。他家是在這裡嗎？走過幾戶破爛到讓人懷疑是廢墟的屋子，來到一戶看起來比周遭人家整潔許多的房子。

「爺爺應該回來了。我去叫他。」

江波旦本來想先問爺爺關於那個可疑人物的事，不巧老人家出門，所以他決定先去找夏實。想說既然來了，理當要進屋，但夏實總覺得江波旦好像有什麼難言之隱。

「其實我爸生病了，所以不方便讓外人來我家。對不起，你在這裡等一下。」

「……生病？」

「嗯。他的身體本來就不太好，病情時好時壞。」

江波旦奔進屋，不一會兒便和他爺爺一起現身。江波旦個頭不高，爺爺也很嬌小，身高似乎不到一百六十公分。可能是因為開著暖氣的關係，室內沒那麼冷，身穿薄襯衫的老人家一臉困惑。滿布皺紋的偏黑肌膚透露年紀，被他那雙炯炯有神大眼直盯著的夏實覺得好緊張。

爺爺知道江波旦急忙找他的理由後，露出一副原來是這般小事的表情，開始說起他前幾天遇到的可疑人物。

他去後院修剪樹木時遇到那個人。想說只是小雨的爺爺在院子裡忙著時，瞥見對面的小公園一隅有把大傘搖晃著。要是坐在公園長椅上或是站在入口附近就沒什麼好奇怪，但那個可疑人物像是刻意躲藏似地站在一處奇怪的地方。

「那個人就站在柵欄附近，面前還有一棵大樹，我想說怎麼有人站在那麼奇怪的地方啊！」

爺爺直覺那個人不是附近的居民，也就更不明白為何站在那裡，但也沒到必須上前問個明白的地步。

「看那人個子不高，也不是什麼凶神惡煞，就沒理會了。」

「很矮嗎？」

「算是吧……感覺好像是女的……」

之後如同江波旦說的，爺爺出門買東西，幾個鐘頭後回來看到那個人還站在原地，想說上前問問。只見可疑人物似乎察覺有人走近，倉皇逃走，不小心遺落那張紙。

「爺爺知道『からにえなくさ』是什麼意思嗎？」

江波旦的爺爺神情嚴肅地搖頭。

「那個人是要去哪裡呢……」

「去觀景台吧。」

「欸？」爺爺一派理所當然的口氣讓江波旦和夏實頓時怔住。

「那個人就這樣跑向公車站。想說怎麼一下子就跑得不見人影，原來是上了一輛開往觀景台的公車。」

「觀景台……是指星港嗎？」

爺爺點頭。江波旦再次從口袋掏出那張紙，思索著「からにえなくさ」這幾個字與星港有何關係。相較於覺得似乎攫住大線索一角的江波旦，夏實只想趕快回家。夠了，別再查了。她好幾次想說出口，卻又不忍對充滿正義感的江波旦潑冷水。

「我們去星港吧。」

江波旦果然這麼提議，但他決定徒步去，而不是搭公車，搭公車當然比較快，但走過去也不到半小時，還省了交通費。

夏實才剛走幾步路就下意識地低著頭。從外祖父母家到江波旦家的路上沒什麼人，但這次不一樣，沿途行人越來越多，實在不想遇見同學的她小心翼翼地躲在江波旦身後，總算抵達星港。兩人走進電梯，幸好電梯內沒有其他人。稍微鬆了一口氣的夏實不經意地瞄到貼在電梯裡的燈光秀海報，上頭寫著今晚六點星港將舉行美麗的燈光秀，夏實卻絲毫不感興趣，應該說沒心情欣賞。要是平常的話，她肯定很期待，但現在沒這心思，畢竟就連今晚六點的自己會面臨什麼情況都無法想像。

兩人步出電梯，來到觀景台的休憩區。江波旦回頭看向夏實。

「照這寫法，應該是指這裡。」這麼說的他指著紙上的文字。

——有三個磚瓦屋頂，以其中的「からにえなくさ」為記號。

「這個『からにえなくさ』應該是在這裡的某個地方。我們先假設是在這裡，找找看吧。」

夏實和江波旦在圓形休憩區巡了一圈，可惜沒找到如同神祕文字寫的設備、裝飾或招牌等。可以了，謝謝你，江波旦。我們回去吧。追捕犯人是警察的工作，不是我們該插手的事。這麼做一點意義也沒有啊！夏實一直在找機會開口，結果江波旦又巡了第二圈。

「搞不好有人知道，去問問看吧。」

您知道「からにえなくさ」嗎？應該是指一個地方，您有聽過嗎？還是知道類似的詞呢？江波旦先後問了咖啡店店員、警衛、剛好經過的工作人員，連廁所清潔人員都問了。果然沒人回答「我知道」。看來調查只能到此為止了。夏實心想。江波旦卻不放棄地想詢問一般顧客。

他先走向坐在角落位子，眺望窗外的男子。

「不好意思。」

江波旦禮貌地打過招呼後，說出已經定型化的問題。男子看起來像是大學生，比起父執輩，應該比較好溝通才是，但夏實覺得男子有點神經質，擔心會起衝突。要是他不爽被人打擾，破口大罵怎麼辦？沒想到男子的表情霎時和緩，笑著回應江波旦的提問。

「……からにえなくさ？」

「是的。我覺得是指一個地方，您知道嗎？」

男子瞧了一眼窗外後，凝視著江波旦遞給他的紙條。

「這是什麼意思呢……要我硬猜的話，就是唐揚炸雞的『唐』（kara），加上生贄（祭品）的『贄』（nie），再來是勿忘我草的『な草』（nakusa），所以是『唐贄な草』（kara nie nakusa）嗎……完全搞不懂是什麼意思。」

男子說完後，再次望向窗外。

照理說，沒得到任何有力線索就沒必要再攀談下去，但江波旦似乎很好奇男子究竟在看什麼。您一直在看什麼呢？被江波旦這麼一問，男子笑著說：

「其實啊，我正在做實驗。我是那裡，學園大的學生。」

夏實聽不懂男子說的話，什麼關於流體力學的研究。原來男子一直注視的是大學校園，等一下會有同個研究小組的學生分別升起稱為A的煙與稱為B的煙，必須拍攝兩種煙上升的情況。

「要是在校園，因為距離太近無法觀察，所以跑來觀景台。你們要是想觀察煙的話，來這裡就對了。還能俯瞰市街全景呢！」

雖然得到的是毫不相干的情報，但學園大的學生這般身分似乎刺激到江波旦。他居然把自己想成為建築師，想進學園大念建築系的祕密告訴男子。我打從心底佩服你們，真的好酷哦。我會努力念書，努力成為學園大的學生。

男子面對貿然搭訕的陌生少年，非但不會不耐煩，還誇獎江波旦如此積極一定能實現夢想，隨後突然想起似地詢問他們為何來此，還問了什麼是「からにえなくさ」。畢竟當著夏實的面，江波旦有些顧慮地說了那起事件，坦白他們正在追查犯人。江波旦反問男子知道這起事件嗎？只見他難為情地搔著頭。

「不好意思，我對這類新聞沒什麼興趣。沒想到居然就發生在這附近。」

這麼說的他摘下別在外套上的銀色徽章，遞向江波旦。江波旦一臉詫異地看著這東西，隨即喊道：

「啊，這是《翡翠雷霆》的正義徽章……」

「太好了，你知道啊，送你。」男子溫柔地笑著，「這是大學學長扭蛋扭到的，硬是塞給我，想說就別在外套上吧。我不是討厭這部漫畫，只是沒想要這徽章。喜歡的話，就送你吧。總覺得你和漫畫主角很像呢！啊，還有一個送你。」

男子從口袋掏出一模一樣的徽章，遞給夏實。

夏實也看過《翡翠雷霆》，但沒有很迷就是了。這是一部以形同廢墟的近未來日本為舞台的少年漫畫，性格熱血的主角很受歡迎。就像他那最具代表性的台詞「我要貫徹我的信念」，相信正義、積極向前的熱情模樣，確實頗像此刻的江波旦。「你也是正義的一方，無論發生什麼事，我都會站在你這邊。」唯有得到主角認同的夥伴才能得到這枚徽章，可說是正義的標記。

「我也不會輸給你，會努力成為優秀的大人，不管發生什麼事，都不會輕易妥協，成為堅強的人。你的夢想一定能實現，一定能成為建築師，幸運之神會眷顧有著堅強信念的你，所以收下代表正義的徽章吧。」

江波旦應該是這部漫畫的粉絲吧。只見他害羞地笑著，開心地收下徽章，用外套袖子仔細擦拭後，一臉滿足地別在外套上。

「謝謝……我會努力的。」

江波旦低頭道謝，夏實也跟著微微頷首。

江波旦繼續向其他顧客打聽，希望得到關於神祕文字的線索。也許是因為得到正義徽章，自己做的事被別人肯定吧。他的腳步、口氣都比剛才來得自信許多。我做的事是對的，我會努力貫徹自己的信念。江波旦的背影彷彿在向夏實這麼強調。

江波旦總算把在觀景台休憩區的顧客都問過一遍，還是沒得到任何關於「からにえなくさ」的線索，看來只有放棄一途了。但他之所以不願放棄，應該是受到那枚徽章的莫大影響吧。

「……還是上網找找線索吧。」

江波旦喃喃自語。兩人走進電梯後，他把自己的想法告訴夏實。

雖然沒有得到任何「からにえなくさ」與大善星港有關的線索，但要是用剛才那名男子說的「唐贇な草」，組成幾個關鍵字上網搜尋的話，也許能查到什麼，所以需要去一處能夠上網的地方。

江波旦說他爸爸正在休養，所以家裡不太方便，只能請夏實幫忙了。

「方便去你家上網搜尋嗎？」

「可是我現在住在外婆家……」

「不是去你外婆家。」

江波旦的雙眼燃著正義火焰，口氣堅定地說：

「山縣同學，我是說去你家。」

13 堀健比古

客廳瀰漫著硝煙味十足的緊繃氣氛。

緊急情況下，任誰都失了冷靜，就連平日累積的鬱悶怨氣也傾巢而出。空氣密度稀薄，只有焦躁感悄悄地不斷蓄積。

雖然芙由子和她母親都很配合警方搜查，卻一點進展也沒有，這讓堀覺得格外棘手。在場的每個人都很焦慮，卻也逐漸習慣這般焦慮。其他人急得滿頭大汗，只有六浦依舊沉穩，口氣輕柔地問：

「方便問一件事嗎？」

芙由子一臉疑惑地頷首。

六浦問：「泰介先生有使用隨身聽嗎？不是以前那種卡匣式，而是比較新的機器，搭載安卓系統的隨身聽。觸控式，大概這麼大吧。」

「隨身聽啊……」

芙由子思索著。她母親則是一臉挑釁地瞅著她，心想反正你肯定想不出個所以然吧。

但對於堀來說，先不論芙由子是否能給個答案，光是六浦的提問就讓他一頭霧水。趁芙由子還在思索時，堀把六浦叫至走廊，確認他們的女兒夏實沒偷聽後問道：

「為什麼問他有沒有使用隨身聽啊？」

六浦再次提起先前注意到的那個疑點。

「就像昨天說的，那個『TAISUKE』帳號的推文都是透過山縣泰介他家的 Wi-Fi 上傳，為什麼不當場發推，而是回家上傳呢？這在昨天的搜查會議上有一番討論，而且調查後發現都不是透過手機，而是從搭載安卓系統的隨身聽發推，這不是很奇怪嗎？山縣泰介有手機，而且在棄置於釣具店的車上發現他的手機，他卻刻意用沒插入ＳＩＭ卡的隨身聽發推，所以沒辦法當下發推，必須透過 Wi-Fi 才行，幹麼如此大費周章——」

「六浦警官，我昨天不是說了嘛，」堀和昨天一樣，盡量委婉地反駁六浦，「大叔就是這樣啊！好比有人教他們用隨身聽發推，而且都幫忙設定好了，他們就不會用手機發推囉，還會以為現在都是流行用隨身聽發推。也許年輕人、還有像六浦警官這種 3C 通覺得這種事很奇怪，但就是這麼回事。」

六浦可能覺得堀這番話不無道理吧，默默點頭後又說：「我還是想確認一下山縣泰介到底有沒有用隨身聽。購買隨身聽不需要辦理什麼麻煩手續，要是用於偽裝的話，倒是個不錯的道具。」

「意思是如果山縣泰介沒有隨身聽的話，他不是凶手的可能性就很高？」

「……是的。」

六浦的腦子一隅還留著山縣泰介不是凶手的可能性，著實讓堀非常無言。為何總是有人扯後腿？明明截至目前為止，所有情報都指向山縣泰介就是凶手，還有什麼好懷疑的？

「我記得……他有隨身聽。」

兩人回到客廳，芙由子垂著眼，這麼說。

「已經好一陣子沒看到他在用，但他以前用過。」

我就說吧。堀雖然沒說出口，表情卻很明顯。六浦似乎因為自己的猜測失準而有點失望，但他並未表現出來。

就在堀打算再次詢問山縣泰介可能會去的地方時，芙由子竟主動開口：

「小酒吧附近確實有我先生認識的人住在那裡，大概兩三個吧。都是工作方面有往來的人。」

「真的嗎？那請您逐一——」

「可是……」芙由子打斷堀的話，「我覺得他們不可能藏匿他。」

「您的意思是？」

「我們是在公司認識的。我雖然沒任職過大善分社，但曾是大帝建設某間分店的員工，到現在還清楚記得他在公司的樣子。」

不懂她這番話的意思，就在堀焦急地催促她繼續說下去時，芙由子有些猶豫地開口。

「我不認為有人會對他伸出援手。這麼說自己的家人，真的不太好，但外子作風頗強勢，所以他在公司的敵人比夥伴還多。」

14 山縣泰介

就是這裡。

泰介看著掛在門外的門牌，壓抑著內心的喜悅。

順利避開那群手持金屬球棒的年輕人之後跑了好幾公里，來到神通車站附近時，路上行人漸漸多了。畢竟是早上時段，人潮還不到熙來攘往的地步，但就是和可以毫無顧忌、盡情奔跑的鄉間路不一樣。究竟要正大光明地走在路上，還是避開別人的耳目前行呢？泰介選擇後者。

泰介盡量隱身在建築物或電線杆的陰暗處，確認四下無人之後，再迅速移動至另一處區域。幸好前部屬的家不是面向大馬路，盡量選擇很少人通行的巷弄走，一步步小心翼翼地抵達大樓。

忘了門牌號碼是幾號，依稀記得是在四樓的泰介總算找到熟悉的門牌。精神與肉體都已瀕臨極限，雖然趴在小酒吧的吧檯上睡了一會兒，但實在無法睡得很沉。吃了真知子的炒麵後就沒再進食了。加上昨天一共跑了將近三十公里。

累壞了吧。山縣前輩。一路上吃了不少苦吧。

泰介覺得應該會聽到這般安慰之詞，應該說，他期望能聽到，不然就失去跑來這裡的意義。歡迎老長官的到來，然後開始進行一場追捕真凶的反擊劇。泰介下意識地告訴自己除此之外，沒有其他劇本。按下門鈴，遲遲沒有回應令他焦慮。

不在家嗎？週末一大早就出門了？

泰介又按了兩三次門鈴，還是無人回應。真是糟透了。就在他頹喪到快跌坐地上時，突然從對講機傳來斷斷續續的聲音。

「鹽見？」

泰介小聲詢問，卻沒回應。

「我是大帝建設的山縣。久未聯絡，冒昧造訪，不好意思，方便見面——」

「請回吧。」

聽錯了嗎？還是按錯門鈴？泰介不由得後退一步，再次確認門牌，確實是前部屬鹽見的家沒錯。泰介刻意用開朗聲音再說一次，對講機卻傳來疲累的聲音打斷他的話。

「饒了我吧……我也有老婆小孩要照顧。」

什麼意思？有家人要照顧是什麼意思？此時此刻，泰介總算意識到必須清楚說明自己是無辜的。他朝著對講機的鏡頭不停比手畫腳，表明自己是遭人有計畫地陷害，為了證明自己是清白的，為了搜尋真凶，需要你的協助。

泰介自覺說明得十分清楚，條理分明。

「……限你三十秒之內離開，不然我要報警。」

眼前頓時變黑。

泰介意識到自己要是發狂、大吼大叫，更無法證明自己的清白，於是他擠出最後的力氣，表明自己有多精疲力盡。好想洗熱水澡，好想吃頓飯，希望對方能讓自己留宿。看來不得不放棄所有計畫，只希望對方能開門讓他進去休息一下。我兩手空空，什麼都沒帶。

泰介高舉雙手表明。

「我是無辜的，現在只有你能幫我了。拜託你了！鹽見。」

大門依舊緊閉。不能就這麼回去，應該說，沒地方可去……不能讓這趟拜訪毫無意義地結束。猛然回神的泰介做出最底限的讓步。

「好吧……你去報警也沒關係，但可以給我五分鐘嗎？只要五分鐘就好，五分鐘之後再報警。」

門總算開啟。

許久未見的鹽見站在離玄關水泥地約三公尺遠的走廊盡頭。穿著兩件式居家服的他手裡握著九號球桿，展現絕不會讓泰介傷害家人的決心。以這般態度對待前上司未免太失禮，但以面對殺害兩名女子的逃犯來說，卻是最適當的反應。泰介心裡雖然氣不過，但明白自己毫無立場埋怨什麼。

鹽見的右手用力握著球桿。

「什麼事？」

「請你相信我，我是被人陷害的——」

「有事就快說。」

泰介總算想起昨天大善分社同事們的反應。無論是分社長還是部屬們，沒有人相信泰介是無辜的，因為那個假帳號實在偽裝得太巧妙、太完美。留存在腦子一隅的些許期待，覺得五分鐘也許能洗刷冤屈的天真想法，有如被珪藻土吸入的水般瞬間消失。

那麼，該利用這五分鐘做什麼呢？泰介思索後說：

「我想抓到陷害我的真凶。那個人一定很恨我，可是我怎麼想都想不到是誰，如果你有想到可能是誰，可以告訴我嗎？是誰那麼恨我？」

「……你是認真問嗎？」

這傢伙搞什麼啊？明明自己是凶手，卻一副另有真凶的態度。泰介從鹽見的話語嗅到這般諷刺意味，但要是就此退縮，就別想谷底翻身了。不管是誰都行，不確定是不是也沒關係，覺得我腦子有問題也無所謂，我只想要個答案。泰介費盡脣舌懇求後，鹽見總算開口：

「我一時之間想不出來啦！」

果然，也是啦！就在泰介這麼想時，鹽見又說：

「因為你很容易招人怨恨。」

他在說什麼啊？認定我是殺人犯，所以挖苦我嗎？怎麼會這樣？這下子休想得到什麼線索了。像在提醒因為判斷有誤而深感絕望的泰介，只見鹽見又開口：「好比橫川先生就是啊——」

「橫川？能源課的橫川嗎？」

「他現在在能源課嗎？我在的時候，他是在獨棟住宅部門，應該是吧。」

橫川比泰介晚一年進公司，算是他的後輩。兩人之間談不上什麼前後輩情誼，也沒什麼交集，但關係應該不至於差到招致怨恨，所以泰介聽到這個意外的名字時頗驚訝。鹽見說對於橫川而言，泰介是個高高在上的存在。當時，泰介向部長大肆舉發橫川的失誤，迫使他在公司的評價跌入谷底，因此錯失升任課長的機會，眼睜睜地看著後輩出人頭地——至少橫川本人在某天聚會上是這麼說的。

簡直一派胡言！聽到這番話的泰介頓覺頭暈目眩。向上頭通報部屬犯錯是身為管理者的職責，橫川卻希望他睜一隻眼、閉一隻眼。也許相較於其他主管，泰介確實比較嚴格，不近人情；但他比誰都嚴以律己，自己做不到的事，絕不會要求別人，況且橫川一事也讓泰介因為管理失當，慘遭減薪。明知自己也會受害卻還是通報高層，並非基於職場規則，而是希望部屬能因此成長。就在泰介打算出聲反駁時，從鹽見嘴裡又迸出別的名字。

「還有阿多古先生，津森先生也是啊！」

阿多古想多陪陪家人，卻常常被泰介拉去打高爾夫，導致家中失和。他本來就對高爾夫沒什麼興趣，而且打球的花費不便宜，想拒絕又不敢拒絕的壓力讓他十分煩惱，因此心生怨恨。

津森是比泰介年長五歲的前輩，卻遲遲沒升職，所以是泰介的部屬。雖然泰介沒在言行方面表現出來，但津森始終覺得泰介看他的眼神有點輕蔑。那傢伙年紀輕輕就出人頭地，囂張得很，擺明了就是看不起我，總有一天要讓他好看！當時津森常常這麼說。

「就連野井先生也是。」

「……野井？」

野井的工作態度一向溫和謹慎，卻因為泰介的強硬作風，手上好幾個案子被迫告吹；雖然他不是那種大剌剌地宣洩情緒、滿口牢騷的人，但他肯定也很不滿泰介。

接二連三迸出意想不到的名字讓泰介錯愕不已。阿多古要是討厭打高爾夫，直說就行了；津森的話，根本就是嫉妒心作祟；至於野井，泰介發誓絕對不是存心毀掉他的案子，只是時機不對，暫時擱置而已。一時不知如何辯駁的泰介只能呆站著。

「還有打掃辦公室的女清潔工也是啊！」

不是說過這些塑膠盒都不要了，全都清掉嗎？為什麼還留在這裡？這種工作態度真是要不得！雖然公司花錢聘僱是事實，但女清潔工是外包人員，泰介卻待她像下屬般頤指氣使，要是沒做好就數落個不停，當事人心裡肯定不好受。

泰介記得鹽見說的這件事，但已經是好幾年前的事了。他想起上個月也有類似情形，要求女清潔工清理大量的廢棄紙箱，對方卻沒做好，樓層各處依舊看得到紙箱。如此草率的工作態度讓泰介十分不滿，覺得再怎麼溝通也沒用，遂直接投訴清潔公司，要求改善。

或許對於當事人來說，的確是很不愉快的事，但業主當然有權投訴，要求清潔公司處理改善。居然為了這種事而心懷怨恨？泰介覺得錯不在自己。

面對從鹽見口中一一迸出的事實，泰介卻無力反駁。身心俱疲加上精神方面的衝擊，內心的梁柱越來越承受不了負荷。

「還有柳，他一定也對你很不滿。」

無論是什麼樣的備品都是公司的資產，怎麼可以如此浪費！泰介斥責把影印紙拿來當便條紙用的柳。這樣的指責並沒錯，但泰介當眾訓斥的做法卻深深刺傷敏感的柳。當然，影印紙這件事不是唯一的原因，柳後來因為心病申請留職停薪。

「不能說都是你的錯，也怪柳自己太脆弱。不過要說有誰恨你，我覺得最有可能的就是柳，因為他說你是害他生病的罪魁禍首。」

原本是說五分鐘之後報警，但因為鹽見的連番發言，早已超過時間。一定要抓到真凶。泰介離開小酒吧時懷著的堅定決心，如同缺乏滋養的冬季向日葵般徹底枯萎。

「夠了吧？」

「不，那個……」與其說是期望，不如說泰介是為了完成當初來此的目的而說出這番話，「想跟你借一下可以上網的手機或電腦，我想從那個假帳號的推文揪出真凶——」

鹽見不待泰介把話說完，便消失在門的另一頭，不到一分鐘就回來的他將手機扔向泰介。「這手機沒裝ＳＩＭ卡，所以要找 Wi-Fi 才能上網。不必還我……你趕快走吧。」

泰介本來想詳細詢問沒裝ＳＩＭ卡是什麼意思，但現在的情況不容許他這麼做。泰介道謝後收下手機時，從裡面的房間——應該是客廳，傳來女人的叫喊聲。不行啊！你這麼做會被當成共犯！

應該是鹽見的妻子吧。她並非不認識泰介，只是和鹽見一樣不相信他是被陷害的。她大喊的同時傳來幼子的哭聲。不能再破壞他們平靜的週末時光了，這麼想的泰介覺得鹽見算是對他很親切了。

這般恩情不是說句「謝謝你的幫助」就能還清，也沒資格埋怨。泰介就像用力拂落罐底的水珠般竭力擠出話語。

「……抱歉。你就跟警方說是被凶手要脅，搶走手機。」

進屋時，因為玄關的暖氣不夠強，泰介還覺得有點冷，沒想到一衝出屋外，突如其來的溫差讓他渾身起雞皮疙瘩。一時忘了自己正在逃亡的他毫無防備地在大樓門廳開啟手機，雖然電量只剩百分之十五，起碼還能啟動，可是搜尋軟體無法使用，泰介這才想起鹽見說的話。他不懂沒裝ＳＩＭ卡是什麼意思，但至少對 Wi-Fi 這詞還有點了解，看來得找個地方上網才行。

泰介決定大膽一點，多走一點路，於是在離車站有段距離的地方發現一間咖啡廳。泰介曾用過這間連鎖咖啡廳的 Wi-Fi，所以知道怎麼做。現在的他當然不能直接走進店裡，遂繞至後門，躲在僅容一人通行的窄巷。泰介蹲在稱不上乾淨的換氣扇排氣孔附近，後腦杓沐浴在飄散一股鐵鏽味的暖氣中，再次掏出手機。

順利連接上 Wi-Fi。泰介多麼渴望上網搜尋，應該說他想再次確認是否能找到與凶手有關的蛛絲馬跡，無奈與「TAISUKE@taisuke0701」這假帳號有關的網站卻沒有任何跟真凶有關的線索，情報量沒那麼多，且在旅館都已經詳細確認過了。所以沒有任何新發現。

沮喪到沒力氣嘆氣。

沒有目的地，也不知道下一步該怎麼做。更可怕的是，從鹽見口中迸出來的一連串人名削蝕他的心。會不會是鹽見的看法過於極端呢？內心湧起的小小疑問促使泰介再次嘗試即時搜尋。

「山縣泰介／認識／好人」、「山縣泰介／認識／無辜」、「山縣泰介／尊敬」，輸入這幾個關鍵字都有幾篇推文，但都不是泰介想要的內容，只是恰巧包括輸入的詞語，沒有任何人替泰介辯解，也沒有人強烈主張泰介是無辜的。既然如此——泰介怎麼樣都想求個心安。

這次，試著輸入「山縣泰介／認識／討厭」。

按下搜尋鍵的他立刻後悔。

ISOTAKE@isop_take9

這個人是我的前上司……就是那種愛現又囉唆的人。老是喜歡約人去打高爾夫的球痴，有夠討厭。認識他的人就知道，這個怎麼看就是他的帳號。

↓引用推文：【快訊】屍體照片貼文者身分曝光！本名山縣泰介，任職大帝建設，住在大善市

鈴木浩三 @kouzou_suzuki_yh

想說我認得這張臉啊！是我大學學長。他就是那種自恃甚高，喜歡指使別人的傢伙。我對這種人超沒輒、超討厭，沒想到他竟然殺人……

↓引用推文：【快訊】屍體照片貼文者身分曝光！本名山縣泰介，任職大帝建設，住在大善市

Machiko@ 暫時停止插畫工作 @milky_snow_way

老天啊！就說這名字很熟，我家就是他督工建造的。他是那種強行加品項，硬是抬高報價的業務員。當時就很討厭他，人品超差。希望早點逮到他。很想改建我家啊。

↓引用推文：【快訊】屍體照片貼文者身分曝光！本名山縣泰介，任職大帝建設，住在大善市

也有不少謊稱認識泰介，根本都是胡謅的推文。明明泰介高中讀的是男校，居然有女的聲稱自己是他的高中同學；還有怎麼想都不可能在工作上有所往來，卻自稱是客戶的傢伙，甚至有女的誇口自己被泰介搭訕過。看來只要謊稱自己和風暴漩渦的人有關連，瞬間就能在虛擬世界受到注目；雖然為了滿足虛榮心而說謊的帳號如雨後春筍般冒出，但這三篇推文是真的。

「ISOTAKE」這帳號的推主應該是幾年前，大帝建設的離職員工磯村武雄；依鈴木浩三的推文內容來看，他應該是大學時期鐵人三項社團的學弟，泰介也清楚記得自己曾負責建造過 Machiko 這位插畫家的房子。

泰介並沒有自戀到認為所有認識的人都會稱讚、喜歡、尊敬他，卻也沒想到自己這麼惹人厭。他一直覺得高爾夫是能帶來快樂的球類運動，邀約磯村去打球時，他也開心地說好。鐵人三項是一種與自己搏鬥的運動，他只是口氣比較強烈地激勵過於縱容自己的鈴木。無論何時，他一定會站在客戶的立場，建議最適合對方需求的建材，絲毫沒有圖利念頭，所以不該這麼被批判。

我沒做錯什麼啊！

也許他們因為聽信我是殺人犯的謠言，所以認知產生扭曲，才會貼出如此顛倒是非的推文嗎？無奈這般自我安慰漸漸發揮不了作用。難不成我不是自己覺得——正在自我反省的泰介被突如其來的快門聲打斷思緒。

有種魂魄被抽離的感覺。泰介慌張回頭，瞧見有名年輕男子拿著手機對準他，顯然為時已晚。以為隱身在窄巷很安全的想法太天真，站在大馬路邊的年輕男子伸長手，用手機偷拍泰介。

驚慌的泰介猛然起身。偷拍的男子可能以為泰介會撲向他吧。整個人嚇得跌了個四腳朝天，摔得泰介都想問他是否沒事，但現在可沒心思關心別人。只見泰介衝過男子身旁，奔向大馬路。

「來人啊！快啊！殺人犯！抓殺人犯！」

因著男子的大喊而朝泰介聚集的人群——之所以沒出現這樣的情形，純粹是因為周遭根本沒什麼人。身體比自己想像中來得沉重，邁開疼痛不已的雙腳，劃破刺骨寒風，不知跑了多久，也不曉得與多少人擦身而過。儘管跑到趾尖快失去感覺，冷到不停流鼻水，顧不得腦子幾乎無法正常運作，依舊不停狂奔。

泰介整個人沒電似地倒在鄉間路旁草叢中，趴在地上的他只能不停喘氣。

接下來該怎麼辦？

試著自問，卻得不到答案。

沒地方可去，不知如何為自己洗刷冤屈，也沒人可依靠。

泰介好想就這樣閉眼睡覺，無奈氣溫低到無法入眠，寒氣像是一把鋒利的刀，殘酷地切割他的身體。使盡氣力緩緩撐起僵硬的身體時，察覺幾乎失去感覺的雙腳不太對勁。泰介脫下鞋底剝落的球鞋一看，馬上後悔不已。雙腳因為血泡破掉，滿是鮮血。

看來沒辦法跑了。

泰介連啜泣的氣力都沒有，駝背蹲著。

無論是進還是退，就連原地不動都是地獄。不是被一般人施以暴行，就是衰弱倒地，再不然就是被警察活逮，依法判刑。逐漸無法理性思考的泰介趴在地上，只有臉探出草叢確認是否有人追來。

沒人追來。

身心俱疲到已經不曉得是否該為這種事開心。好想睡覺、好想休息、好想吃東西、好想暖暖身子、好想回家，難道連一個都無法滿足嗎？就在泰介縮起身子，再次隱身草叢時，不經意瞥見矗立在眼前的招牌。

他就這樣怔怔地望了一會兒，思索對自己來說，這招牌是什麼意思呢？

「Cken LIVE 貨櫃樣品屋，沿此路直行五公里」

泰介緩緩地深嘆一口氣。

再次繫緊早已吸滿血的鞋帶。

即時搜尋關鍵字：山縣泰介／凶暴

十二月十七日，上午十一點二十分

過去六小時，共六五四則推文

PN11HO@pn11ho

【求擴散】剛剛在神通的羅多倫旁邊後巷發現山縣泰介（第一張圖片）。本來想壓制他，沒想到搏鬥五分鐘後，他用力撞開我，朝北逃了。還害我的膝蓋受傷（第二張圖片）。他很凶暴，請住在附近的人千萬小心。

貓川PON介 @necopon_3001

努力想追捕犯人很有勇氣，但要是不拍照，直接抓人不是就能抓到嗎？

↓引用推文：【求擴散】剛剛在神通的羅多倫旁邊後巷發現山縣泰介（第一張

圖片……

低音大提琴 @it_contrabass060

一般人哪可能會被五十幾歲的歐吉桑撞飛啊！

↓引用推文：【求擴散】剛剛在神通的羅多倫旁邊後巷發現山縣泰介（第一張

圖片……

玄米麥茶 @bakuga_cocoa_milo

可能因為手震的關係，圖片有點模糊，但應該是山縣泰介沒錯。他穿的是很普通的藏青色衣服啊！那個穿老虎圖案夾克的消息是怎麼回事？訛傳嗎？散播不實謠言的人不覺得自己是在幫助凶手脫逃嗎？起碼要確定情報正確再發啊！那些散播不實謠言的傢伙真的很惡劣。

↓引用推文：【求擴散】剛剛在神通的羅多倫旁邊後巷發現山縣泰介（第一張圖片……

15 住吉初羽馬

「防身用的。」

既然櫻都這麼說了，也不好再追問。

我也是這麼想，可是真的嚇到了。乾笑幾聲的初羽馬繼續開車，卻無法像剛才那樣猛踩油門，倒不是因為差點撞到人，讓他有所警惕，而是緊急煞車時，從她包包裡掉出兩把菜刀的畫面始終殘留腦中，而且越想越覺得奇怪。

倒也不是無法想像追捕殺人犯時，想要有武器自衛的心情，更何況一個弱女子追捕男人，多少都得有防身用的武器。

但怎麼想都不應該是菜刀。

這東西明顯是用來攻擊，不適合用來防身。萬一發生衝突時，可能會造成對方極大傷害，甚至致死，所以一般不會拿菜刀來防身。

「可以開快一點嗎？」

「啊，對哦……得快點逮到人才行。」

被催促的初羽馬這才發現自己的猶疑反應在車速上，比起法定限速慢很多。就在他拂去雜念，加速前進時，前方的號誌燈卻迫使他踩剎車。

從副駕駛座傳來焦慮不耐的嘆息。

初羽馬瞅著櫻那惡狠狠瞪著號誌燈的側臉，內心再次浮現方才的預感。

她該不會打算殺了山縣泰介吧？

為了替慘遭殺害的閨密報仇，她決定親手埋葬凶手，所以才會那麼焦慮，希望比警察早一步逮到山縣泰介，也才會以殺傷力那麼大的菜刀當武器。

復仇這行為當然不可取，況且這麼一來，將她帶到山縣泰介身邊的自己豈不成了共犯？問題是，勸櫻打消念頭可沒那麼簡單，萬一觸怒她的話，自己怕是會成為刀下冤魂。

車內的氣氛霎時變得緊繃。

儘管初羽馬的內心十分糾葛，車子還是駛抵目的地。其實仔細想想，櫻比警方先一步找到山縣泰介的機率相當低，所以復仇之刃應該派不上用場。明知如此，初羽馬還是不希望櫻真的找到山縣泰介，至少能拖延就拖延。車子停在小酒吧附近一處相當寬敞的付費停車場。初羽馬為了拖延時間，還故意倒車三次才停妥。

小酒吧周遭並未聚集太多人，只有寥寥幾個好事者，而且多是年長女性，比較像是住在附近的人，或是在商店街工作的店員，不太像是特地跑來看熱鬧。因為不是什麼意外事故現場，並未拉起封鎖線，店門貼著一張「今日公休」的告示。

櫻開始尋訪。她先敲了敲小酒吧的店門，確定無人回應後走進旁邊的店鋪，蒐集關於山縣泰介的情報。要是沒蒐集到什麼情報便尋訪下一家，逐步擴大範圍。

一旦察覺櫻的真正目的，她那一直很積極的行動頓時成了讓人畏懼的執念。必須想辦法阻止她那可怕的念頭，阻止她行凶，絕對要避免自己成為罪犯的幫凶。

並未得到任何有力情報的兩人重返車上。

「可以像剛剛那樣幫我搜尋一下比較可靠的情報嗎？」

初羽馬曖昧地頷首，拿起擱在駕駛座上的手機。實在不想積極幫忙，又怕提供無關緊要的情報會惹毛她，只好勉為其難地搜尋關於這次事件的相關情報。初羽馬輸入大善市、殺人事件，馬上連結到新聞網站，而且迸出好幾則與被害女子相關的小道消息。

不是別人，正是櫻的閨密。

想說應該確認一下的初羽馬點開其中一則報導的標題。讀著報導內容，彷彿能感受到她生前的溫暖、為人的魅力，結果自己也跟著義憤填膺——事實證明初羽馬的這般預感完全是杞人憂天。

死者篠田和凶手是透過交友軟體聯絡上的，可見是約在萬葉町公園碰面——雖然是讓人不太苟同的報導內容，也不致於引發強烈反感就是了。女大學生與已婚的五十幾歲男子透過交友軟體認識，不管再怎麼解釋也絲毫感受不到純愛氣息，只是突顯現代年輕人的生活有多麼捉襟見肘。終身僱用制發揮不了什麼功效，標榜新時代工作方式的派遣制度成功剝削年輕世代；雖然她還在念大學，卻無法否認多少也受此影響。即使篠田選擇的這條路不可取，但不難想像她之所以走偏，背後肯定有著身不由己的複雜因素。

就像櫻說的，篠田美沙是個「認真又體貼的女孩」，但她極有可能透過交友軟體進行援交，而且已經到了無法自拔的地步。

這篇報導的後半段提到篠田高中時代田徑隊隊友對她的印象，怎麼解釋都與櫻說的有所出入。

「參加管樂社的她總是很認真練習。」

櫻確實是這麼說的。

初羽馬瞅了一眼坐在副駕駛座的櫻。她像是連一秒都不願浪費似地，專注地滑手機。

初羽馬無意識地摸著冰冷的耳垂，冷不防打了個寒顫。

「篠田一直是管樂社的嗎？」

櫻嫌煩似地瞥了一眼初羽馬，視線馬上又回到手機。

「為什麼這麼問？」

「沒什麼，只是有點在意。」

「一直都是啊！怎麼了？」

初羽馬停止動作，疑惑地看著櫻。她不是被害人的閨密，包包裡還藏著菜刀。她說想盡快找到山縣泰介，也確實很積極，那這女的——究竟是誰？

「就是這個！」

櫻沒有察覺初羽馬內心的疑惑，在X上找到有力情報的她頗開心。根據推文內容，有人在位於神通某間咖啡廳旁的後巷發現山縣泰介，還附上疑似山縣泰介的男子照片。因為手震的關係，拍的不是很清楚，初羽馬覺得根本無法判別，櫻卻堅信照片中的男子絕對是山縣泰介，希望趕快開車去那裡。

萬分猶豫的初羽馬只好佯裝錢包不見，藉故拖延時間。

櫻則是趕緊截圖，這樣就不怕推文被刪，然後立刻打開瀏覽圖片用的軟體，確認有儲存。只見她安心似地點點頭，順便查看之前的截圖。初羽馬斜眼偷瞄她滑過去的一張張截圖，突然懷疑自己眼花。

「欸？」

他不由得驚呼。

「怎麼了？」

「那個截圖……不就是那則推文……」

「這個嗎？」櫻把手機稍微傾斜地出示給初羽馬看，問道。

「血海地獄。果然和魚腥味什麼的不一樣，簡直臭斃了。影響食慾，這下子暫時食不下嚥了。」沒錯，就是一切的開端，初羽馬是第二十七個轉推的那則推文。

「這是……隨手滑到的嗎？」

「不是。刪除帳號前，我截圖下來的，怎麼了嗎？」

「……沒、沒事。」

假裝總算找到錢包，要去付停車費的初羽馬飛也似地衝出車外，站在繳款機前面的他佯裝在數零錢，趁機整理思緒。櫻秀給他看的「血海地獄」截圖，有X的活動串圖標。

這是X用來顯示這則推文和多少人有所關連的功能，像是有多少人看過推文，又有多少人因為推文而點進推主的帳號，有多少人點擊附上的連結等，將這幾項情報予以詳細數據化，就能知道自己的推文傳播得有多廣。

雖然其他人也能看見點讚和轉推數，但活動串只有推主本人才能確認，所以只有推主本人的X才會顯示活動串的圖標。

「刪除帳號前，我截圖下來的。」

如果是櫻自己截圖的話，就表示有個無比衝擊的事實。

「TAISUKE@taisuke0701」這帳號的主人就是櫻。

也就是說，真凶是——

是該立刻逃走？求救？還是報警？佯裝找零錢的樣子已經裝不下去了。初羽馬回頭看向車子那邊，櫻一臉狐疑地瞅著他。看來這舉動已經讓她起疑，要是再做出什麼奇怪行為，搞不好菜刀會朝身後飛來。

寒冷與恐懼促使指尖開始凍僵。想說應該先報警的初羽馬這才想起手機放在車門的置物夾層，所以得先回車上才行。

初羽馬付了停車費，確認檔板放下來後，回到一點也不想坐上去的愛車駕駛座。

「去這裡。」

初羽馬一上車，櫻便將手機遞向他。地圖ＡＰＰ標示著一處用紅色記號圈起來的陌生場所。

地點是 Cken LIVE 股份有限公司樣品屋。

「……不去神、神通的羅多倫嗎？」

「我覺得山縣泰介應該是逃到這裡，蓋這間樣品屋的公司是大帝建設的客戶。」

「……你知道的可真多。」

「可以快點過去嗎？」

初羽馬被櫻那不由分說的氣勢壓制，趕緊放下手剎車，車子以好似呼吸急促病人的速度踉踉蹌蹌地駛出停車場。一出車道，初羽馬照著櫻的指示操控方向盤，有種彷彿在夢中開車的感覺，身體與腦子完全分離，腦子拚命整理情報。

櫻就是「TAISUKE@taisuke0701」這帳號的主人，也就是這起事件的真凶，所以山縣泰介是無辜的。櫻用某種方法假冒成山縣泰介，殺害兩名女子並嫁禍給他，而她現在帶著菜刀搜尋山縣泰介，為何要這麼做呢？

打算收拾掉他嗎？

害山縣泰介背黑鍋，上演逃亡戲碼，最後為了滅口而殺害他。不知道她到底是用了什麼手段，耍了什麼花招，達成這般犯行。

至少對初羽馬來說，那個「TAISUKE@taisuke0701」怎麼看都是山縣泰介的帳號，自己的內心一隅還是認為山縣泰介是凶手。這世上怎麼可能有人如此完美偽裝成另一個人，所以凶手絕對是山縣泰介。但，那個X活動串的圖標又該如何解釋？

初羽馬駕駛的車子違背他的想法，漸漸駛向目的地。沒事的！警方一定會先找到山縣泰介，沒什麼好擔心的。初羽馬不斷安慰自己，無奈萬分之一的最壞可能性逐漸成形，侵蝕他的腦子。

要是我們比警方先找到山縣泰介，櫻掏出包包裡的菜刀刺殺山縣泰介的話，我怎麼辦？會被牽連嗎？萬一我順利逃脫呢？命是保住了，卻也成了共犯。

握著方向盤的初羽馬不由得咬緊牙根。

為什麼我會遇到這種事？

我明明沒做錯什麼啊！

16 堀健比古

「有目擊者說十一點左右在神通的羅多倫看到他。」

接到搜查本部來電的六浦把堀叫至走廊，轉達這件事。

回到客廳的堀趕緊用藍筆標記咖啡廳的位置，再推算山縣泰介可能移動的距離——記取教訓，這次稍微擴大範圍。

「山縣先生逃了那麼久，應該相當疲累，不過我有稍微擴大標記範圍。我想您一定也很累了，但還是請多協助。」

芙由子用淡桃色手帕摀著嘴角，像是逼自己振作似地瞇起眼，點了好幾次頭。

搜查本部並未完全無視網路流傳的情報。因為昨天沒成功找到山縣泰介，所以本部慎重檢討搜查方針，今天十七號一早，便請縣警生活安全部的網路犯罪偵察課全力協助。堀認為這決定根本慢半拍，但至少警方開始重視網路情報。於是，根據有人在神通的咖啡廳看到山縣泰介的這則情報，順利取得目擊者的證詞。

畢竟昨天讓山縣泰介逃離了緊急部署範圍，所以警方做好可能長達幾週、幾個月，甚至好幾年的長期戰準備，沒想到又掌握到他的行蹤，離逮到嫌犯僅剩幾步之遙。

給芙由子一些時間思索的堀又被六浦叫至走廊。

「總算確定第二位被害人的身分。」

第二位被害人，就是藏在山縣泰介自家倉庫的女屍。名叫石川惠，也是就讀縣內大學的女大生。因為棄屍現場沒發現任何隨身物品，也沒人通報失蹤，所以花了些時間才確定她的身分。果然她和第一位被害人篠田美沙一樣，也使用同樣的交友軟體聯繫上「TAISUKE」這帳號。

驗屍報告推斷她於這個月八日晚上到九日早上這段時間遇害，也就是一週前；但有別於屍體發現的先後順序，石川惠比篠田美沙更早遇害，死因是窒息，殺害手法與篠田美沙大致相同，也是以繩子從身後勒斃。不過，不同於坐在公園長椅上遭人從身後襲擊的篠田美沙，石川惠似乎是蹲著時遇害，因為後腦杓有鞋印，被害人的臉頰還沾有少許汙泥，推測慘遭勒斃時，臉部應該摩擦到地面。

果然在山縣泰介他家的倉庫找到研判是凶器的繩子，但沒有採集到指紋。被害人後腦杓的鞋印，也與放在山縣家玄關的山縣泰介皮鞋吻合，臉頰上沾到的泥土成分也與山縣家庭院的泥土一模一樣。

搜查本部內部幾乎沒人懷疑凶手可能另有其人，所以每當出現新事證時，大家的反應都是「果然」、「我就知道」，剩下的就是順利逮到人了。堀再次明確感受到自己該做的事，轉了轉脖子。

「還有，篠田美沙和石川惠之間好像有透過網路聯繫。」

一旦沾染上援助交際，整個人的身心就稱不上健全了。何況篠田美沙她們的行徑比賣淫更惡劣。首先，利用交友軟體引誘有一定社經地位的男子上鉤，相約去飯店完事後威脅要公布對方的個人資料，上當的男子當然會驚慌，然後她們藉機提出封口費，對方只好乖乖支付比原先說定貴上一倍的金額。

事實上，建立這套犯罪手法、蒐集獵物情報、躲在幕後操控的人，疑似是與黑道掛勾的組織，但目前還不清楚這組織的背景，查緝幕後黑手一事也不是堀與六浦的工作。

總之，原本互不相識的篠田美沙與石川惠都是這個犯罪組織的成員。

「她們似乎出過什麼紕漏，名字還在網路上曝光。」

「什麼意思？」

「我想應該是受害男子的反擊吧。雖然無法和山縣泰介引發的騷動相比，但她們的名字和長相都在網路上曝光，批判她們的行為是超級惡劣的仙人跳。通常都是用假名賣淫，所以應該是因為什麼原因而曝光吧。」

至此，似乎漸漸釐清凶手——山縣泰介犯行的來龍去脈。

不知是曾經受騙，還是基於其他原因，總之，山縣泰介憎恨靠賣淫賺錢的女大生，決定殺害她們。於是，利用交友軟體約定碰面，再用繩子勒斃前來赴約的她們。這行為分明就是殺人，他卻自詡是善行，從推文這句「如同表面上的意思，垃圾清掃完畢」，便能窺伺他那偏執的信念。

其實搜查本部對於是否要公開被害女性利用交友軟體援交，也是意見分歧。畢竟世人往往因為一點點消息便改變對於事件的看法，倘若公開受害女性賣淫一事，勢必能降低批評警方辦案成效不彰的聲浪，但又怕被扭曲成警方試圖以公布被害人的負面資料，為目前陷入膠著的搜查行動找藉口。

不過，最終還是認為公開被害人的惡劣賣淫行徑是妥當的決定。因為不管是一開始的派出所誤判，還是毫無成效可言的搜查行動，公布這情報多少能挽回警方的顏面。

「有件事還是提一下吧，」六浦補充道，「還有一位女大生的個人資料也被曝光。」

「還有一位？」

「嗯，討論區一共晒了三個人的名字，其中兩人慘遭殺害，剩下的那位恐怕有危險，吉田班正試圖聯繫她，可是……」

「聯繫不上嗎？」

「是啊。家人好像不知道她現在在哪裡，也不曉得她會去哪裡。」

「是哦。可能跑去哪裡晃蕩，或是早就……」

成佛了嗎？

堀不敢說出口。倒也沒什麼特別意思，只是想說保險起見，還是問一下第三個人的名字，於是六浦把手機畫面給堀看。

「這怎麼念？」

「應該是念成『SUNAKURASAE』吧。待會兒再確認。」

堀在從口袋掏出的記事本一隅寫上「砂倉紗英」。

回到客廳，瞧見芙由子依舊眼神猶疑地看著地圖。

堀覺得要是一屁股坐下，八成會讓芙由子更退縮，索性站在稍遠處，假裝眺望窗外景色。那麼，芙由子接受丈夫是殺害兩名女大生的凶惡罪犯嗎？就堀看來，她似乎有所保留。如果是朋友關係，大可堂堂說他是無辜的，強調他絕對不會幹這種事；但若是夫妻，難免有所顧慮。畢竟無論夫妻關係好壞都清楚彼此的缺點，所以就算覺得對方不可能做這種事，也難免會將過往回憶與事件聯想在一起。對哦，以前也有過這樣的事——結果就是無法判斷究竟是事實還是無辜，只能持保留態度。此刻的芙由子就是處於這般狀態。

那句「想要保護山縣泰介先生」肯定說到她的心坎裡，芙由子現在之所以努力回想，並非為了協助警方搜查，而是告訴自己，想要確保另一半的安全就必須這麼做。

芙由子的母親不知何時移動到餐桌那邊，和她的先生坐在一起，看來忙著扮演因為突如其來的悲劇而絕望不已的她，已經沒力氣再埋怨女兒和女婿了。

堀瞄了一眼手錶，現在是早上十一點四十三分。沒什麼進展可言的氣氛促使他焦慮地步出客廳，瞧見六浦把手機貼在耳邊，不曉得在確認什麼聲音。

「在聽什麼啊？」

「啊，沒事……想說你可能覺得這也沒什麼吧。我在聽那輛棄置釣具店停車場的車子行車紀錄器，總覺得很在意，所以想確認一下。」

「不是確認影像，而是聲音嗎？」

「我想知道的不是車子行駛時的情況，而是山縣泰介在車子裡到底說了什麼。」

「有說什麼嗎？」

六浦將手機遞給堀。堀把手機貼在耳邊，不久便傳來山縣泰介那夾雜著引擎聲的說話聲。

——不是我、不是我、不是我。

「夢囈吧。」

六浦十分在意堀的反應，聽到這句話後露出不置可否的表情。什麼意思？說「不是我」的意思是指山縣泰介不是凶手嗎？——或許山縣泰介期待能有什麼戲劇性改變，但單憑這點情報不足以推翻堀的想法。因為不管是哪個犯人被逮時，總是嚷著不是我、我不知道、我不記得了。之後漸漸意識到自己幹的事有多蠢，才坦承犯行。

堀對於六浦始終覺得凶手另有其人的想法倒也不是完全否定。有別於不重視邏輯推論的二課，一課看重的是有著視野寬廣、探究所有可能性的資質。問題是，單憑用會員卡註冊交友軟體、用隨身聽玩X這些有違常理的行為，還有行車紀錄器錄下的聲音，就推翻這起事件的全貌，未免過於草率。

假設真凶另有其人，這個人必須潛入山縣泰介他家，竊取他的會員卡才行。雖說可以在屋外連上 Wi-Fi，但第一次連結需要輸入密碼，所以一定要進入山縣家，那麼這個人就不可能和山縣泰介毫無關連。

別鑽牛角尖了。說出這些奇怪想法，只是給自己找麻煩罷了。

這麼思忖的堀拍拍六浦的肩。

「總之，先想想怎麼樣才能逮到山縣泰介吧。」

六浦露出尷尬的笑，微微頷首。

即時搜尋關鍵字：賣淫組織成員

十二月十七日，上午十一點四十四分

過去六小時，共一三六六則推文

丸駒樂團第三樂章 @DchihL5dg8twioC

不過就是人渣殺了人渣的事件，謝謝。

↓引用推文：【線上日電新報】大善市絞殺事件：被害人是大型賣淫組織成員？

LIONESS@ 超愛 DraHan@onetwothreeDONDON

哇，這話題到底要在網路上炒到什麼時候啊！本來還很同情，看來根本是自作自受嘛！幹這種勾當的傢伙就是死有餘辜囉。

↓引用推文：【線上日電新報】大善市絞殺事件：被害人是大型賣淫組織成員？

政先生 @MASn74

反正女人只要稍微長得好看一點，就能當酒店小姐、賣淫、援交，要賺多少就有多少，人生真是有夠簡單模式。就某種意思來說，也是給現況敲了一記警鐘，還真要感謝凶手啊！太小看人生。

↓引用推文：【線上日電新報】大善市絞殺事件：被害人是大型賣淫組織成員？

桃檸檬（裏）@peach_lemon_ura

看到有人說出賣肉體根本是自作自受，真的很衝擊。這些人曉得晚上的工作有多辛苦嗎？知道遇到渣客，根本是身在地獄的痛苦嗎？不但害怕染病，吃避孕藥副作用還很大，超傷身體，作息顛倒，皮膚也變得超差。你們能夠想像就算是這樣，還是不得不做的無奈嗎？

↓引用推文：【線上日電新報】大善市絞殺事件：被害人是大型賣淫組織成員？

17 山縣泰介

距離樣品屋還有五公里遠，已經跑不動了。

陷入要是不動一動就會凍死，只好硬撐的狀態，腳步像在暴風雪中行進般沉重。一步一步，走在人行道旁長得比人還高的草叢中，告訴自己盡量別胡思亂想，腳步絕對不能停止。乾脆走人行道吧——路況實在很糟，快撐不下去了。因為是朝郊外移動，所以一路上人煙稀少。腳底的疼痛早已超過忍耐極限。受夠了，至少走路況好一點的路吧。就在泰介這麼思忖時，一輛警車像在警告他似地呼嘯而過。

心臟快爆炸般劇烈跳動。反射性臥倒，顧不得臉沾上泥土，身體盡量壓低。

剛才在神通被偷拍，暴露了行蹤。泰介按兵不動約一分鐘，確認警車遠去後，再次緩緩前行。照這情形看來，貨櫃樣品屋那邊可能早有警方埋伏。泰介雖有此預感，卻也無處可去。放心，沒事的。公司內部只有少數人知道與 Cken LIVE 的合作案。泰介這麼安慰自己，繼續在草叢中前進。

泰介看到樣品屋的正門時，感動到快飆淚，但還不能鬆懈。躲在草叢中的他凝望著樣品屋的入口，盤算著要怎麼溜進去。樣品屋的入口只有一處，就是那扇巨大的正門，問題是大門附近沒什麼遮蔽處，擔心被人瞧見。還沒正式對外開放的樣品屋裡頭應該沒人，但位於前方的辦公室亮著燈——表示有人在。

沿海建造的樣品屋展示區有三面是稱不上懸崖，但也很難徒步上下的陡坡；雖然泰介沒仔細觀察過，但他記得是呈丘陵狀起伏的地形，只是不確定究竟有多高。印象中，有鋪上防土石流的水泥擋土牆。

如果不走正門，就必須躲在草叢中前進，然後從某處陡坡滑下去進入展示區。這方法可行嗎？泰介思索著。事實上，他能夠選擇的路也只有這一條，總不能堂而皇之地經過辦公室。

躲在草叢中前行的泰介俯瞰展示區，頓時傻眼。

想說坡面大概就像溜滑梯那麼陡，沒想到根本是一面牆，而且是鋪著擋土牆的垂直陡坡，高度也比想像中高出很多。

泰介放下肩背包，取出可以用來測量距離的高爾夫球專用望遠鏡。試著測量一下，距離地面約六．五碼——換算單位，約六公尺，跳下去應該不會骨折的高度。

昨天和野井他們去的貨櫃屋就在正下方。生活用品幾乎齊備，有水有電可用，萬一門上鎖的話，打破窗戶進去就行了。果然如預期，職員都窩在辦公室，沒有要去樣品屋的樣子。不曉得能不能弄點吃的，但應該有咖啡可喝。至少可以暫時窩在裡頭，溫暖一下早已凍僵的身子，還能躺在床上好好睡一覺。真的能如此順利嗎？畢竟有可能斷電，咖啡也可能是從辦公室拿過去的。

泰介不想理會從腦中一隅迸出的反駁。總之，他現在急需一個地方，讓思考力逐漸遲鈍、疲乏不已的身體好好休息。

泰介只想思考如何從高約六公尺的牆降下到地面。

沒辦法跳下去。格子狀混凝土牆面有小凹凸槽，卻不到指尖可以牢牢抓住的深度，碰巧沒帶繩子，地上也沒有床墊或氣墊。要是從正門進去，肯定會被Cken的職員撞見報警，也沒體力再走到正門那邊。泰介無助地望著下方，冷到指尖逐漸凍僵，只能不斷吐氣溫暖手指，但就連吐氣也覺得費力。總計移動了約三十五公里，比起馬拉松可說毫不遜色。現在驅使泰介行動的不再是對於凶手的憎恨，也不是想反駁網路上那些散播不實謠言的愚蠢傢伙，更不是為了遙遠的未來，而是為了十分鐘後還能活下來。

疲憊至極的泰介總算想出方法，那就是用身上的衣服代替繩子。

現在身上穿的是向小酒吧借的藏青色西裝外套，還有在後車廂換上的運動衣，以及彈性極佳的保暖緊身內衣；下半身是運動褲，裡面還穿了絲襪般的保暖緊身褲，所以除了襪子與內褲，一共有五件衣物可用。如果全部綁在一呢？一件算一公尺的話，共約五公尺，然後綁在樹根上就能代替繩子，再加上自己的身高，應該搆得到地面。

泰介思索了一會兒，想不出比這更好的方法。

先把肩背包丟下去，過了一段比想像中更長的時間後，傳來包包碰觸地面，望遠鏡碎裂的聲音。從六公尺高落下的衝擊超乎想像，泰介深感自己的計策過於天真，但扔下隨身物品的同時也無法回頭了。脫去西裝後，刺骨寒風立刻沁染身子，沒時間猶豫了。下定決心的泰介脫掉運動衣、緊身衣、運動褲、緊身褲，牢實地綁成一條。全身上下只剩下內褲和襪子，還有破爛的球鞋。泰介知道自己的模樣很滑稽，但現在的他不在乎這種事了。寒風像要削去幾近全裸的泰介的命，瞬間顫抖不已，每過一秒，心跳就越無力。

西裝繫在最靠近擋土牆的樹根上，所需長度比想像中來得長，光是繞著樹幹紮一圈就耗掉不少長度，剩下的衣服長度約四公尺——所以剩下不到一公尺的高度必須用跳的。按照西裝、運動褲、運動衣、緊身褲、緊身衣的順序綁好，試著用力一拉，運動衣和緊身褲的打結部分立刻鬆開，泰介趕緊重新綁好，即使不夠牢靠，也無法停手了。

抓著衣服繫成的繩子往下降，果然離地面還差兩公尺，最尾端的緊身衣飄啊飄地晃著。泰介用雙手緊抓著運動衣，慢慢地往下滑，確定西裝不會鬆動後，雙腳慢慢地踩著牆面。響起纖維斷裂的聲音，不知是哪件衣物發出的悲鳴。

一步、一步，趾尖踩著淺淺的凹凸槽；緩緩地、慢慢地，舔舐牆面似地往下降。像要捉弄泰介般颳起強風，寒冷迫使身體僵硬，又傳來某件衣服的悲鳴。差不多可以鬆手吧？應該可以吧？儘管內心焦急不已，往下一看，離地面至少還有五公尺高。還沒，還不行，還差一點點。指甲乾燥到龜裂，滲出血。泰介顧不得這一點點傷，繼續用雙手抓著運動褲往下滑。再一點，再一點點，從運動衣滑到緊身褲，再從緊身褲滑至緊身衣，無奈結打得不夠牢實，抓住最尾端的緊身衣時，瞬間鬆脫，緊身衣搖搖晃晃地被吸入地面。

要回頭？還是跳下去？又響起纖維斷裂的聲音，必須有所覺悟。

只能跳下去了。

離地面約三公尺高，感覺像是懸掛在一般建築物的二樓陽台。那什麼時候跳呢？數三秒嗎？就在泰介思忖時，整個人突然往下墜。

緊身褲破了。

世界彷彿靜止，寂靜瞬間造訪，一切暫時停止。

就這樣掉下去必死無疑。瞬間如此判斷的泰介設法反身，呈防護姿勢。眼看就要撞擊地面——過了一會兒，泰介的身體才撞上地面，全身上下感受到像是被卡車輾過的衝擊，遲了一會兒才覺得疼痛。不能大聲喊痛的他只能咬牙忍耐。

泰介痛到在地上躺了約一分鐘才慢慢起身。不知身體的痛楚是因為墜落的衝擊，還是從昨天開始就沒停下腳步的緣故，應該都有吧。泰介總算站起來，說不為這小小的勝利而感到歡喜是騙人的，但現在不是為這種事開心的時候。

泰介撿起掉在地上的肩背包和緊身衣，走向貨櫃屋。

打破玻璃吧。一點點碎裂聲不會驚動辦公室那邊。有此覺悟的泰介還是試著轉動門把，永遠記得這一刻的感動，有生以來第一次感謝神的他走進屋內。

這裡是天堂。

扭開水龍頭就有水，等了一會兒還有熱水；空調開著，室內好溫暖，冰箱裡頭還放了好幾個盒裝果汁，可能是用來招待賓客吧。簡易廚房裡有即溶咖啡，連電熱水壺都有。除了沒有可以裹腹的食物，這裡有著泰介想要的一切，頓時覺得昨天抱怨腳步聲很吵的自己好愚蠢，貨櫃屋是多麼舒適的空間。

泰介從蕾絲窗簾縫隙窺看屋外，確認辦公室那邊沒有任何動靜之後，先借用浴室沖澡，洗去身上的汙泥與血。熱水舒緩了早已凍僵的身體，還用了久違的洗手間；雖然沒有衣服可穿，但有暖氣就夠了。泰介沖了杯熱咖啡，坐在廚房地板上，這裡是從外頭看不到的死角。當他像要將暖意沁染裹著被子的身體，啜著咖啡時，深切感受到自己的一切被剝除，意識到自己是個赤裸裸的靈魂。

心中當然積存著被冤枉的怨憤，但這一路的經歷似乎讓泰介意會到某種必然性。發生這場騷動時，最先被奪走的是什麼？是工作。接著被奪走的是什麼？家。再來是車子、飲食、睡眠，甚至連身上的衣服都沒了。泰介經年累月取得的東西，彷彿時光倒轉般一一被奪走。那麼，現在他手邊剩下什麼？泰介苦心構築的東西，無論面對任何人的殘酷對待都無法奪走的東西究竟是什麼？名聲？信賴？還是肉體？

——因為你很容易招人怨恨。

自己一直以來到底披著多厚的鎧甲啊？想想，就覺得或許自己遲早都得面對這般命運。搞不好根本沒凶手，一切都是某個龐然的存在構築出來的，莫大的警告、試煉、懲罰，不是嗎？身心俱疲的狀況下，泰介的思考嵌入深溝，逐漸停止運作。

「我不能再幫你了！」

外頭響起的怒吼聲讓泰介嚇一跳，卻無力顫抖。

年輕男子的聲音。起初想說是Cken職員起爭執，但總覺得不是。躲在廚房陰暗處的泰介壓低身子，小心翼翼地窺看窗外，瞧見有個身穿便服，約莫二十出頭，搞不好只有十幾歲，怎麼看都不像上班族的男子，而他怒吼的對象似乎站在泰介看不到的死角處。

「櫻，你想殺了山縣泰介，是吧？」

泰介只能接受這句聽起來像是在說別人的衝擊話語。

「那為什麼包包裡藏著菜刀？」

看來和年輕男子起衝突的櫻似乎帶著菜刀。

這當然是令泰介萬分衝擊的事，疲憊不堪的他極度絕望。再也逃不了。原來如此，或許我的人生從一開始就注定要這樣結束。泰介甚至覺得自己真的殺害了兩位女大生。

一生罪虐深重之人的生命就此落幕。

無論是對於野井、柳、阿多古、鈴木、磯村、橫川、女清潔員，還有鹽見，都得好好地向他們道歉才行，應該額頭貼地，懺悔自己的過錯。

「你們是誰啊？馬上離開。」

遠處響起熟悉的聲音，貨櫃屋外有人起爭執。年輕男子立刻道歉說會馬上離開，那個叫櫻的女子似乎在爭辯什麼，但比起其他兩位，她的聲音小到聽不清楚。青江聽完櫻的辯解，很乾脆地說：「山縣泰介怎麼可能在這裡，門有上鎖，根本進不去。你們趕快離開，不然我要報警哦！」

爭論一會兒後，兩人的腳步聲逐漸遠去，看來青江趕走年輕男子和帶著菜刀的女子。泰介感謝不已的心情只有片刻，因為他察覺青江說謊。門有上鎖。為什麼撒謊——就在泰介這麼思索時，響起轉動門把的聲音。

泰介緊閉雙眼，屏息。

青江一進屋就開燈，踩著貨櫃屋特有的偌大腳步聲走向廚房，站在裹著被子的泰介面前。當泰介戰戰兢兢地抬起頭時，青江用他一貫不帶絲毫情感的眼神，冷冷地俯視泰介。

「山縣先生，你真的在啊！」

抱歉擅自侵入，還使用浴室。想說的事情有一長串，經過一番糾結取捨後，泰介用沙啞聲音說出他最想說的一句話。

「……對不起。但，我不是凶手。」

聽到泰介這番話的青江依舊面無表情，乾脆地回了句：

「我知道。」

瞬間，泰介恍然大悟。

陷害自己的真凶就是青江。

雖不知青江要的是什麼陰謀，但顯然一切都在他的掌握中，而且有著充分動機，搞不好就是要引誘泰介來到這裡。直到昨天還認為自己行事風格並無問題的泰介，此刻卻覺得自己對Cken提出許多不合理的要求。精神暴力、職權霸凌、百般刁難；想想，會落到這般地步也是咎由自取吧。當泰介逐一分析事件全貌時，青江步出貨櫃屋，鎖上了門。

不讓落入陷阱的獵物逃掉。其實冷靜想想，屋內的人隨時都可以開鎖，但現在的泰介沒心思多想。今後自己會遭遇什麼事？連同這屋子一起被燒死嗎？還是在昏暗屋內被凌遲致死？抑或是落入警方手中？當泰介有所覺悟，準備接受任何殘酷懲罰時，響起開鎖聲。

就在泰介心想青江會拿著什麼樣的拷問刑具時，只見他把托盤擺在泰介面前，上頭放著果汁、義大利麵、簡單的沙拉，還有兩個麵包。哇，毒殺嗎？熱騰騰的義大利麵飄著番茄醬的溫醇香味，強烈刺激著泰介那只喝了流質的胃。好想吃。光看就止不住口水，但這正是青江的詭計，吃下去立刻被毒死，泰介記得有這樣的拷問手法。

吃吧，吃啊！泰介原以為自己會被辱罵一頓，沒想到青江緩緩坐在地板上，拘謹地伸出雙手，示意他快吃。

「吃吧。聽到你在神通被發現的消息，想說你搞不好會來這裡，所以門沒鎖。太厲害了，居然用衣服串成繩子從那麼高的地方垂降下來。我看到垂掛的衣服時真的嚇一跳。」

真的……不是陷阱嗎？不敢置信的泰介聽著青江這番話，抱著在等閻羅王判決的心情問：「你相信我是無辜的嗎？」

「這個嘛……應該是吧。」

曖昧回應的青江從口袋掏出手機，迅速按了幾下後，把手機畫面給泰介看。一看，原來是彙整關於「TAISUKE@taisuke0701」各種消息的網站。青江也一邊看著手機畫面，一邊讀著推文。

「『影響食慾，這下子暫時食不下嚥了。』——應該是『咽』，不是『嚥』。『已經用肥皂洗手了，根本還是很臭』——『根本』是贅字。『如同表面上的意思，垃圾清掃完畢。』——應該是『字面』，不是『表面』。」

青江抬起頭，一臉理所當然地說。

「大帝建設的山縣先生絕對無法忍受這麼不嚴謹的用詞。」

泰介想笑，淚水卻從眼眶淌落。

18 住吉初羽馬

一抵達目的地，也就是Cken LIVE的樣品屋，坐在副駕駛座的櫻立刻衝出車外，不顧是否會被發現，堂而皇之地經過辦公室前面，走進樣品屋區。她提著裝有菜刀的包包，從最前面的一棟開始依序查看五棟樣品屋。

不行，必須阻止她。就在櫻站在第三棟樣品屋的門口時，初羽馬總算出聲。

「我不能再幫你了！」

這麼大喊時，Cken的職員馬上出現在身後，應該是進來時被看到了。櫻指著其中一棟樣品屋，說逃犯可能躲在裡頭，但對方怎麼可能聽信非法侵入者的說詞。

被趕出去的兩人返回停在路邊的車子。

初羽馬大聲質問櫻是否打算殺害山縣泰介，一切都無法回到來這裡之前的狀況；雖然菜刀還收在包包裡，但難保隨時會砍向初羽馬的喉嚨，所以絕對要避免同處在狹窄的車內，於是他謊稱上洗手間，趁機逃離。

當他走到辦公室附近時，回頭確認櫻是否追上來。初羽馬猶豫著是否該向Cken的職員求救。她可能是凶手，請幫忙報警。問題是，目前只有存在她手機裡的截圖能當作證據，萬一她因為證據不足而被釋放的話，自己可就小命難保。

初羽馬並未走進辦公室，而是繞到建築物後面。確認四下無人後，他掏出手機，決定搜尋證明櫻是凶手的情報。

再次瀏覽死者篠田美沙的情報，果然怎麼想都不覺得她是櫻的閨密。篠田高中時參加田徑社，從廣島來大善市讀大學。不曉得櫻出身哪裡，但如果她和篠田是高中同學，應該多少會聊些家鄉的事，所以她肯定撒謊。又搜尋一下關於被害人的情報，發現另一名死者石川惠也是利用交友軟體進行援交，而且兩人的個資都在網路上曝光，還查到另一名有相同遭遇的女子——砂倉紗英，名字的念法是「SUNAKURASAE」，但若是砂念成「SA」的話，就是「SAKURA」（櫻）。

這個賣淫集團根本就是與黑道掛勾的犯罪組織，教她們如何要脅男人，騙取更多錢，再從中抽成。這個犯罪組織掌握下手目標的情報，指示這些女子犯案。初羽馬從新聞網站彙整的情報擬出這個假設。

三名女子可能因為個資曝光，暴露犯罪情事，所以遭組織嚴懲，照黑道的說法就是被收拾掉；但不能明目張膽地動手，至少不能被識破是犯罪組織殺人。於是賣淫集團找尋目標，從高所得男性名單中挑選代罪羔羊，至於基於什麼條件而選就不得而知了。總之他們選中山縣泰介，嫁禍給他後再滅口，而被指示負責下手的人，就是個資也被曝光的其中一名女子——SAKURA（櫻），也就是砂倉紗英。

初羽馬在驚慌中推敲出這個似乎頗合理的假設，也更確信櫻就是凶手。問題是，要如何證明？初羽馬雙手握著手機拚命思索，最後還是決定先報警。一旦報警，警方就會追查，我應該就能安全脫身了——初羽馬生平第一次撥打一一〇。就在他按下通話鍵，舉起手機貼近耳邊時，手機卻被人奪走。

「不是說去借洗手間嗎？」

沒有用力握緊的手機就這樣落入櫻的手中。只見她一派從容地按掉通話鍵，一臉狐疑地斜睨著初羽馬。

「……是你幹的吧？」

「什麼？」

「……這起事件是你幹的吧？」

初羽馬當然怕得要死，但他之所以敢當面吐出這句話，是因為櫻沒提著那個裝著菜刀的包包。

「你說是閨密的篠田美沙參加的是田徑社，不是管樂社。還有你給我看的那個『TAISUKE』帳號的截圖顯示活動串的圖標，證明你是這帳號的主人。你的本名叫砂倉紗英……沒錯吧？」

雖然沒學過武術，但不至於打不過弱女子吧。萬一真要動手也沒在怕。要是她親口承認，立刻請Cken的職員幫忙報警，把她交給警察就行了。事件到此告一段落，自己非但不會被懷疑是共犯，還會受到感謝。

櫻聽完初羽馬這番話，似乎在思索該如何回應般盯著地面，眼神飄移，覺得頗浪費時間似地深深嘆氣。

「你說的沒錯，我不是被害人的閨密，對不起。那帳號是我十年前辦的，這我承認。」

「所以真的是你……」

「被盜用了。」

「……被盜用？」

「嗯。某天我的帳號突然被凶手盜用，所以截圖才會顯示活動串的圖標。可是我發誓那一連串推文不是我發的，當然我也不是凶手。」

什麼啊。原來是這樣啊！竟然懷疑你，對不起。完全不是能讓初羽馬說出這些話的辯駁。社群帳號被第三者盜用確實時有耳聞，初羽馬身邊也有人受害；但她對於十年前辦的帳號被盜，還改成看起來像是高爾夫愛好者的帳號一事不聞不問，現在卻誇口要告發盜用帳號的傢伙是殺人凶手，也未免太莫名其妙了。

「所以你是因為自己的帳號被盜，才決定追查凶手囉？」

「你要這麼想也是可以。」

「……那為什麼帶著菜刀？」

「就說是為了防身。」

為什麼要盜用你的帳號？盜用帳號的人是山縣泰介？還是偽裝成山縣泰介的傢伙？自己十年前辦的帳號被別人用來犯罪，有必要帶著菜刀，加入緝凶行列嗎？初羽馬的腦中馬上迸出一大堆還來不及整理的疑問。總之，他導出一個結論，那就是她——櫻，也就是砂倉紗英是這起事件的凶手，而被識破的她一時之間不曉得要以什麼藉口蒙混過去。

就在初羽馬決定報警時，櫻突然迸出這句話：

「山縣泰介是無辜的。」

初羽馬漸漸失去耐心。姑且不論她是不是幕後黑手，但顯然和這起案子脫離不了干係，所以再繼續和她牽扯可說一點好處也沒有。櫻只是參加過初羽馬舉辦的活動而已，說是毫不相干的陌生人也不為過，所以沒必要再幫她了。更何況初羽馬心中開始不自覺萌生自己最厭惡的歧視心態。櫻應該就是砂倉紗英，所以就算她遭逢再怎麼不堪的困境，說到底還不是為了賺錢而賣身，一切都是咎由自取，不是嗎？這女的明明在賣淫，還來參加關於「網路交友」的研討會，裝作一副受害者的模樣，真是恬不知恥。

夠了。到此為止。不想再聽她說任何事。把她丟在這裡吧。反正不管誰是凶手都和我無關。徹底和她切割後，趕緊開車回家。

「再這樣下去——」

有別於決定不再與這起事件有所牽扯的初羽馬，櫻顯得更加焦慮。可能是因為氣溫低的關係，她的嘴唇微微發顫，雙眼紅紅的，呼吸急促。

「這起事件就會以山縣泰介是凶手來結案。」

對於初羽馬來說，不管結果如何都與他無關。

「就算證明他是無辜的，下一個被懷疑的就是管理帳號的我。」

警方怎麼可能如此草率判斷，她的腦子裡到底裝的是什麼樣的思考回路啊？初羽馬只覺得和有妄想癖的人溝通真的很煩，決定當場走人。抱歉，沒辦法再陪你，我要回去了。

你這個人真的很怪，聽不懂你在說什麼，你的說詞怎麼想都不合理，跟你在一起太危險了。冷靜想想，我根本沒義務要配合你。

「反正這件事本來就和我無關。」

初羽馬撂下這句話後轉身，意志堅定地跨出帶著訣別意味的一步。

「不知躲在哪裡的狡猾凶手，」櫻哽咽地說，「有個想要陷害我和山縣泰介的危險殺人犯。」

就在初羽馬不予理會，繼續往前跨出第三步時，櫻的聲音變了。

「你覺得我為什麼要找『住初』幫忙？」

初羽馬不由得停下腳步，回頭瞧見櫻的臉上掛著兩行淚。

「因為我們念的是同一間大學，所以比較好開口——不是的！因為你剛好有車——不是的！因為之前參加研討會時，覺得你這個人很可靠——不是的！」

不停啜泣的櫻拚命擠出低沉聲音。

「因為你是這起事件的罪魁禍首！」

19 山縣夏實

從星港回到空無一人的家。

夏實打開大門，走進院子時，想起鑰匙在外祖父母家的和室，只好使用備用鑰匙。

夏實挪了一下擺在玄關旁的盆栽，拿出藏在盆栽後面一個像是音樂盒的小盒子。

「……咦？你家的鑰匙藏在這種地方？」

「……嗯，」夏實有點不知所措地點頭，「要保密哦！」

「不怕被發現嗎？」

「嗯……可是從沒遭過小偷，而且有設密碼。」

這麼說的夏實解開掛在盒子上的密碼鎖。設定的密碼是「〇七〇一」，我爸的生日。

喃喃自語的夏實說出「我爸」這字眼時，心裡有些五味雜陳。

江波旦進屋後瞧見山縣家的裝潢，頓時雙眼發亮。好漂亮！好寬敞！好大！好酷哦！

「雖然是同一個學區，果然還是萬葉町這邊的房子漂亮多了。山縣同學，原來你住在這麼棒的房子啊！」

自己的家被別人這麼稱讚，當然不會不開心，但夏實現在的精神狀態讓她開心驕傲不起來。畢竟江波旦不是來參觀的，所以夏實趕緊坐在電腦前，想說連上網之後就換他來操作，沒想到輸入密碼時卡關。夏實明白原因出在自己身上，但當她發現電腦殘留著防備她的痕跡，內心越發難受。

「不行……密碼變更了。」

「什麼意思？」

「為了不讓我上網吧……」

放在客廳的這台電腦本來是夏實的父親為了在家工作而買，頂多只會用文書處理系統的他不太上網。起初，父親還算常用這台電腦處理簡單的文件，但過了一段時間後，可能覺得在客廳工作的效率不太好，或是出於其他原因，他都待在書房用公司給的筆電工作。所以這台電腦並非夏實的，但最常使用的人是她，可說是實質上的管理者。沒想到密碼卻變更了。當面被斥責當然很不好受，但這般做法也是另一種難受。

「你被禁止上網嗎？」

「……是沒被這麼說，但變更密碼就是這意思吧。因為好久沒用這台電腦了，所以沒發現密碼改了。」

「是哦……」

明明完全沒被這番說詞說服，江波旦還是假裝明白似地點頭。

乾脆把那件事告訴江波旦吧。夏實著實難以啟齒，畢竟不是能隨便說給別人聽的事；但不可思議的是，總覺得告訴江波旦也無妨，因為她相信江波旦絕對不會在學校亂說，搞不好還能給些自己沒想到的建議。

「你知道我上網和不認識的男人約定碰面的事吧？」

夏實慎重地說出自己經歷的事。

可以自由使用這台電腦之後，她便常上某個討論區。沒想到和生活圈完全不一樣的人交流是這麼愉快的事，不管是學校的事、朋友的事，或是雞毛蒜皮的無聊事都能聊，就這樣和某個男人互動熱絡。

下次出來見面吧。

倒也沒有談戀愛的雀躍感，講白了，就是根本不在乎對方長得怎麼樣；雖然只是隔著螢幕交談，卻覺得很談得來。兩人不時互出謎題，玩得很開心。我們肯定處得來，我也想見面。夏實趁母親在廚房做菜時，回覆對方。

學校不斷提醒學生們千萬不能隨便和網路上認識的陌生人見面。世上有這麼可怕的事啊！我也得小心才行。明明上課時提醒的事，夏實都有牢記，但一旦自己成了當事人，課堂上的叮嚀就成了耳邊風。對方是個很溫和的人，感受不到半點惡意。這個人應該不是壞人，所以很安全，我不會有事的。

約定碰面的當天，男人卻沒出現。

原來他性侵好幾個國小女童的惡行被揭發，成了通緝犯。

「警察來我家說明這件事，我爸很生氣。」

「……被罵了嗎？」

夏實頷首，發現自己的眼眶浮現淚水，趕緊用食指偷偷擦掉，還是落了一滴。

「很慘。」

夏實猶豫著是否該把「很慘」這詞潛藏的細節告訴江波旦。究竟發生了什麼事，父親又是以什麼樣的態度、什麼方式斥責她。但，夏實終究還是沒說，因為現在向江波旦抱怨這件事也沒什麼意義了。

江波旦試圖安慰夏實般點點頭，隨即又想到正事，詢問有沒有其他能上網的設備。

夏實想了一下，靜靜地起身，走向擺在客廳的櫃子。櫃子裡有個搭載安卓系統的隨身聽，其實這也是父親的東西。喜歡音樂的父親衝著「隨時都能聆賞儲存的幾千首歌曲」這句廣告文案而買，但不太會使用3C產品的他馬上就把這東西晾在一邊了。現在這也成了夏實想查什麼東西時，用來代替手機上網的工具。

把這交給江波旦吧。就在夏實這麼想時，發現重要的隨身聽不見了。爸媽不會用這東西，只有自己會使用，怎麼會不見呢？夏實找了幾個可能存放的地方，還是沒找到。

「怎麼了？」

「……想說用隨身聽上網，可是怎麼找都找不到。」

「……你家該不會遭小偷吧？」

「不可能啊！要偷的話，應該會偷更值錢的東西。」

結果還是沒找到隨身聽。到底放在哪裡呢？倒不是說丟了就算了，但也不是丟了會被臭罵一頓的東西。夏實想說肯定放在家裡某處吧，也就放棄不找了。

電腦不能用，隨身聽不見了，也就無法上網。就在夏實打算放棄時，江波旦指著擺在客廳的掌上型遊戲機。

「這個好像可以連上 Wi-Fi 耶。」

夏實玩遊戲時，並未連上 Wi-Fi。雖然每次開機時，都會出現請連結網路的訊息，但夏實和爸媽都沒有理會，反正沒設定連結還是能玩。

擺在電話桌上的路由器側面寫著 Wi-Fi 密碼。江波旦迅速輸入密碼，顯示連線成功，隨即打開瀏覽器搜尋關於「からにえなくさ」的情報。

江波旦一臉認真盯著電腦螢幕，夏實叫他坐沙發，他敷衍回應後坐在地毯上。夏實坐在沙發上看江波旦搜尋情報，但只瞧了一會兒就覺得不自在，藉口要拿飲料逃進廚房。

絲毫沒察覺夏實拿來蘋果汁，江波旦專注搜尋了十五分鐘後，一臉沮喪地抬頭說：

「對不起，還是……沒找到。」

夏實並不驚訝。應該說，江波旦的回應早在意料之中。那不是上網搜尋就能找到的東西，就像星港那男人說的這謎題難解；但要說自己一點也不期待，總覺得對江波旦很不好意思，所以夏實以有點遺憾的口吻回了句：「是哦。」

「除了『からにえなくさ』，我還找到一個網站，寫了很多關於這次騷動的各種評論，可惜還是沒有任何關於『からにえなくさ』的情報。應該說，大家都在講同一件事。」

「……同一件事？」

「嗯，」江波旦用力頷首，眉頭深鎖，表情更為沉重，「倒也不是說他們講的話都一模一樣，但仔細觀察就會發現看起來好像有各種意見，其實大家都是在講同樣的事，真的很糟耶！我絕對不能變成這種大人。」

夏實雖然不太明白江波旦的意思，但這番話讓她感受到一股難以言喻的力量。

「總之，找不到關於『からにえなくさ』的情報……對不起哦。山縣同學。我還說可以找到犯人，帶著你跑來跑去，結果還是做白工，真的對你很不好意思。」

果然再調查下去也是白費工。本來個性就很率直，收到徽章後更加卯足幹勁調查的江波旦，終於承認無計可施了。江波旦深感歉疚似地低頭咬脣，但其實夏實絲毫不覺得遺憾，反而鬆了一口氣。

那今天就先這樣吧，星期一見囉。其實只要這麼說，道別就行了。但看到江波旦這麼努力調查，夏實總覺得應該要對他吐實，至少誠心地表達謝意。夏實深呼吸，一度開口又閉上，最後還是決定劃破客廳的靜寂。

「對不起，江波旦……其實我知道。」

江波旦緩緩地抬頭。

「什麼？」

夏實停頓了約莫四拍才開口：

「我知道磚瓦屋頂的『からにえなくさ』在哪裡。」

20 堀健比古

「Cken……在哪裡呢？」

芙由子的食指在地圖上遊走，喃喃自語。

「和山縣先生有關嗎？」

堀瞅著芙由子，這麼問。她伸手拿起擱在桌上的手機。

不是很精確的消息也沒關係，想到什麼都可以說。堀這麼說之後，芙由子總算鬆口。

不曉得我先生會不會去找他，不過我記得他認識的人就住在神通的咖啡廳附近。偵查員立刻前往搜查，果然得到山縣泰介去過一戶人家的情報。對方曾經請山縣泰介當證婚人，照理說應該列入警方關注的對象，但因為他三年前離開大帝建設，警方也就輕忽這條線索。

我們是在受要脅的情況下，被搶走沒裝ＳＩＭ卡的手機，只是這樣而已。還有，山縣泰介強調自己是無辜的。總之，一切都是出於脅迫，我們怎麼可能協助他逃亡啊！我們沒做錯什麼呀！

有沒有協助逃亡一事，還有待查明。嚴格說起來，山縣泰介是離開鹽見家之後才被偷拍，所以就時序來說，鹽見家這條線索稱不上是有用的情報。不過，畢竟還是追查到山縣泰介的蹤跡。

山縣太太，我們查到您先生確實造訪過鹽見家，謝謝您提供寶貴的情報。照這情形下去，我們一定能確保他的人身安全。堀這番話給了芙由子勇氣，讓她覺得受到肯定，氣色也好很多。

芙由子總算用手機找到想要的情報，一臉瞭然於心似地頷首。

「這裡是外子最近合作建造貨櫃屋別墅的公司。」

「在哪裡？可以再說一次嗎？」

「這裡，Cken 股份有限公司。外子曾拿宣傳手冊給我看，問我對這種房子有沒有興趣，記得宣傳手冊還放在家裡。」

堀使了個眼色，六浦起身聯絡搜查本部。

隨著芙由子提供有力的情報，籠罩在客廳的沉重氛圍也逐漸淡去，各司其職的成效也讓在場眾人的心情輕鬆不少；雖然尚未精確掌握山縣泰介的行蹤，但芙由子能提供的情報也就這麼多了。再來只能等待第一線的後續消息。

打電話向本部報告完的六浦返回客廳坐在堀的旁邊，緩緩地詢問芙由子：

「想請教一下關於貴府的門鎖。」

「門鎖……？」

六浦詢問是否有外人可以侵入家裡的方法，好比保全公司出過紕漏或是備用鑰匙藏在門牌後面等。芙由子瞬間露出猶疑的眼神，但可能想到對方是警察，說出來也無妨吧，便坦然告知有備用鑰匙。

「玄關旁邊的盆栽藏了個盒子，裡頭有備用鑰匙。」

「什麼時候開始放的？」

「房子蓋好後，備用鑰匙一直都藏在那裡。我女兒以前常常忘了帶鑰匙……不過那盒子上有密碼鎖，算是很安全，而且只有我們家的人知道密碼，從沒告訴過外人，我們家也從沒遭過小偷。」

「沒有外人知道密碼嗎？」

芙由子點頭，六浦立刻在記事本上寫了些什麼，然後若有所思地迅速看了一遍後，輕輕闔上記事本，看向芙由子。

「方便再請教一件事嗎？」

「請說。」

「您覺得您先生，泰介先生是個什麼樣的人？」

堀再也忍受不了六浦那意圖不明的提問，卻又不想讓別人看到他們不同調，只好拚命擠出眉間紋，抑止驚訝的神情。

「……呃，這、這個嘛，要怎麼回答比較好呢？」

這般突然其來的提問令芙由子困惑，只見她用手帕摀著嘴角，思索著如何回答。

我很愛他、尊敬他，他是個很棒的丈夫——哪個答案能讓六浦滿意？他不是個會用交友軟體的人，他不會看不起賣淫這行為，他很善良，絕對不可能殺人——如果芙由子這麼回答，六浦就能得意地說：「看吧！就說山縣泰介不是凶手。」

堀覺得問這種問題根本是浪費時間。他向正在思索的芙由子頷首致意，又拉著六浦來到走廊。

「你這次又想知道什麼啊？」

「抱歉。我還是覺得不能排除任何可能性……」

「你還是覺得凶手可能另有其人？」

「……嗯，應該是吧。」

堀不想再繼續這般無意義的問答。他嘆了一口氣，雖然不願再多費唇舌，還是懇切又仔細地說明他為何認為山縣泰介就是凶手的理由。六浦提出的幾個疑點都不是什麼需要確認的要點，不管是會員卡、隨身聽、山縣家的路由器，還是行車紀錄器，這些都是能夠合理解釋的問題；雖然沒驗出指紋，但在山縣家的倉庫找到凶器，以及有人在死者篠田美沙的死亡推斷時間看到山縣泰介出現在陳屍處所，也就是萬葉町第二公園附近。

「所以凶手就是山縣泰介啊！」

「可是……」

「我不是不明白六浦警官的心情。可是啊，如果真的有人要陷害山縣泰介，為了用隨身聽連上山縣家的 Wi-Fi，為了用山縣泰介的皮鞋踢被害者，為了拿到山縣泰介的會員卡就必須進入山縣家。問題是，不可能啊！剛才山縣太太親口證實家中沒遭過小偷，也沒有他家曾被闖空門的報案紀錄。」

「所以啦。」

六浦壓低聲音，口氣卻出乎意料的強硬。

「我覺得芙由子女士的嫌疑最大。」

這推論實在太出乎意料，讓堀差點開口吐槽，但畢竟身為執法人員，不能情緒化，必須秉持公平公正的態度，思考芙由子是否為真凶的可能性。

「芙由子女士有可能利用這十年的時間偽裝成山縣泰介發推。還有，她原本想用山縣泰介的駕照註冊交友軟體，但因為當事人隨身攜帶著，只好改用會員卡註冊，這一點也說得通。」

堀仔細思索六浦的論點之後，提出與他完全相反的結論。

「不可能，不可能啦！」

即使六浦明顯不滿，堀還是堅持自己的想法。

「要是那麼恨枕邊人，直接殺死他不就行了。幹麼還要大費周章地偽裝成對方，甚至殺害兩名無關的女大生，不是嗎？」

「的確很大費周章，可是萬一——」

「適可而止吧。六浦警官。」

不想再和六浦爭辯的堀回到客廳，落坐剛剛的位置，啜著已經冷掉的紅茶。

「關於剛才的問題。」

堀一時之間沒意會到芙由子的意思，反問是什麼問題。

「就是問我覺得外子是個什麼樣的人。」

看來堀和六浦在走廊交談時，她一直在思考這問題。堀本來就對這提問不感興趣，反正怎麼回答都不能做為判斷的依據；雖然並未完全否定六浦的推論，但這提問實在讓堀不敢苟同。

要怎麼回答，隨她了。堀心想。

「這問題真的很難回答。」

芙由子脫口而出的瞬間，碰巧走進客廳的六浦趕緊回座。

「您的意思是？」

「真的很難回答。」

芙由子仔細攤開方才用來摀嘴的手帕，輕輕地放在桌上。手帕一隅繡著小花，完全相襯她的高雅氣質，就連堀也知道這東西絕不是便宜貨。

芙由子默默注視著手帕，像是完成什麼儀式似地再次摺好手帕，用雙手緊握著。

「當然，我深愛過他。」

就連坐在飯廳的芙由子雙親也靜靜聽著。

「若問我喜歡他還是討厭他，當然是喜歡，也很敬佩他。但，怎麼說呢……這十年來，常常連自己也不明白自己的心。昨天家母埋怨出了這種事，他居然連一通電話都沒打回家，我無法幫他辯駁。他是個很強勢又頗白目的人，從來不會在意周遭人的心情，也沒關心過我身上背的擔子。我常在想，為什麼是我，為什麼只有我得扛起這個家的重擔。我們曾經為此爭吵過好幾次，已經吵到懶得吵了。」

雖然芙由子的口氣相當平靜，卻讓堀的內心起了細微變化。

世人往往較為關注隨機殺人、姦殺之類容易引爆輿論話題的刑案，但其實根據統計結果，過半數的凶殺案都是發生在親人之間。以殺妻案為例，一般都是丈夫單獨犯案，殺夫案則是多有共犯參與，畢竟很少有妻子能敵丈夫的力氣。再者，女性殺人時承受的心理壓力往往比男性來得大。

所以，假設這起事件有共犯呢？

堀發現自己初次接納六浦的觀點。從芙由子口中不經意迸出十年這字眼，令人越想越不對勁。那個X帳號是十年前開設的，不，不對。真凶怎麼可能輕易放出如此明顯的訊息。別亂想了。堀在心裡嗤笑自己的同時，察覺到芙由子的眼瞳深處棲宿著異樣情緒。

「所以刑警先生，我的答案是——」

芙由子看著六浦，看著堀，最後望著手上緊握的手帕說：

「我自己也不知道。」

即時搜尋關鍵字：逃犯／家人
十二月十七日，下午一點十三分
過去六小時，共六六六八則推文

UPUP@up_down_up

逃犯的妻子現在是什麼樣的心情啊？老公出軌，用交友軟體嫖妓，殺了人之後還逃亡。老公的個資都在網路上曝光了。要是一般人的話，應該會全家自殺吧。反正也沒臉活下去囉。

茶疎道 @chason_7k7

本來有點同情逃犯的家人，可是殺了人又逃亡的男人不是什麼好東西，會嫁給這種男人的女人也不是什麼好東西，感覺他們要是有小孩，八成也不是什麼好孩子吧。只能說嫁這種男人就是自作自受。

杜卜勒一常識識人 @doppler_0079

結果就是這樣啊！人渣就是會跟人渣在一起，世上就是有這麼不可思議的機制，堪稱世界七大不可思議之一。

↓引用推文：本來有點同情逃犯的家人，可是殺了人又逃亡的男人……

華丸豬肋排麵 @ 不屈不撓的精神 @sokisoba_tabetai11

想像嫁給高富帥，原本很幸福的一家人一夜之間墜入谷底，身無分文地在街頭流浪的模樣，要說自己沒覺得超爽是騙人的。以上來自嫁給窮醜渣的現場報導。

21 山縣泰介

從昨天到現在只吃了麵，但現在的他沒資格抱怨。

泰介每吃三口便感謝青江，每吃五口就回顧半生，流下悔悟的淚水。我是多麼任性，多麼自私的蠢貨啊！是個該被追捕，罪孽深重的人，沒資格享受如此美味的飯菜。

回想起來，自己對青江也有許多無理的要求。他明明很努力配合，卻還是被嫌東嫌西。自己從來不考慮對方的心情，總是無理地要求這個、要求那個。

「別這麼說，畢竟是工作也沒辦法。」

青江的口氣依舊冷冷地不帶情感，但對於現在的泰介來說，卻有如神諭，再怎麼道謝也不足以表達謝意。沒想到他的心胸如此寬大，自己竟然還說過他的壞話，甚至有那麼一瞬間還懷疑他是真凶。這些話當然不能說出口，斗大淚珠代替歉意順頰淌落。

「我知道這時候不該問這種事，之前用我們公司商標做的宣傳手冊，應該已經送到大帝建設了吧？已經處理掉了嗎？」

泰介一時之間意會不過來，過了一會兒才想到青江是指促銷貨櫃屋用的宣傳手冊，用遲鈍腦子回溯記憶，想起收到的宣傳手冊都已經處理掉了。

「放心，我有處理。已經交代清潔人員把那些裝著印刷錯誤宣傳手冊的紙箱——」

話未說完，泰介的心情又沉重了。自己交代對方處理掉紙箱的口氣是什麼樣的感覺？是不是頗傲慢？是不是一副付錢的是老大，給我乖乖辦事的蠻橫態度？彷彿一切都成了過往的夢境，倘若能復職，一定要向他們鄭重道歉。

「全都處理掉。」

「是哦，那就好。想說還會有一批沒修改的版本送到，還請幫忙處理。因為還來不及更正您昨天指出的用詞錯誤。」

「……抱歉。」

「沒事。都說了因為是工作，所以沒辦法。況且也是因為這樣才讓我察覺山縣先生是無辜的，所以就結果來說是好的。」

青江的這番話有如輕輕包覆傷口的繃帶，溫柔地裹著泰介的心。泰介吃完後隨手擦掉沾在嘴邊的蕃茄醬，無力地低著頭，這模樣看起來就像下跪似的。青江依舊以不帶情感的口氣，請泰介抬起頭。

「山縣先生，今後有什麼打算嗎？」

「今後……」

「應該很想聯絡家人吧。可是這麼一來，可能會曝光行蹤。」

家人。

青江的話讓泰介久違地想起家人。當然，並非完全忘了他們的存在，逃亡時家人的身影也會不時出現在腦海一隅，激勵自己一定要平安回去；但泰介不得不承認，家人在他心中儼然成了凡事都得配合自己的符號。妻子和女兒一定很擔心我，打從心底相信我是無辜的，就像太陽從東邊升起，成了心中無可撼動的事實。

但，真是如此嗎？

對於山縣泰介這個存在產生懷疑的現在，讓他不得不用懷疑的眼光看待一切事物。泰介心中一直理所當然地認為妻子應該很幸福，雖然不少人認為金錢和婚姻不是人生的全部，但任誰都明白金錢與婚姻具有一定程度的價值。妻子芙由子雖曾任職大帝建設，卻只是一般職員，光是薪資就與擔任業務員的同事有著天壤之別。泰介有自信躋身時下所謂的高富帥之列，任誰都會羨慕她嫁給泰介這樣的老公，所以芙由子是幸福的。

這些想法從未說出口，泰介也沒察覺自己抱持這般心態；但客觀分析自己的想法，發現自己壓根兒就是這麼想。

夏實出生幾年後，芙由子不時落淚。泰介下班回家，瞧見妻子獨自在燈光昏暗的客廳裡靜靜哭泣。夏實有時很擔心母親，有時忘情地獨自玩耍，沒察覺母親的低落情緒。每當芙由子陷入情緒低谷時，就沒心思張羅晚餐了。隨著職位不斷晉升，泰介要肩負的責任也倍增，所以回家後懶得再面對家務事的他就會提議外食。泰介總認為不管妻子白天發生什麼事，只要吃頓美食，買個她想要的東西，不滿與煩惱就會煙消雲散。

吃連鎖家庭餐廳太小氣了。所以泰介都是帶家人去飯店或百貨公司裡的高級餐廳用餐，想吃什麼由妻子決定。用完餐後就會順便逛逛賣場，催促芙由子買個喜歡的東西。不光是買給妻子，泰介也會要夏實挑選喜歡的零食或玩具。芙由子似乎很喜歡布，不是衣服，也不是帽子，而是喜歡一塊布就能做成的東西，像是絲巾、披肩，冬天的話，就是圍巾，還有手帕；雖然買了之後，芙由子不會像小孩子一樣開心，但至少隔天就會平靜許多。對泰介來說，這不是什麼別具意義的活動，比較像是幾個月一次的定期保養。

但，實際上又如何呢？仔細想想，我想過妻子為何哭泣嗎？有認真想過她嫁給我，真的幸福嗎？芙由子曾好幾次向泰介發牢騷，為什麼我得承受這麼痛苦的事？可笑的是，泰介完全想不起來妻子口中「痛苦的事」是指什麼。她相信我是無辜的嗎？她會擔心我，覺得我是無可取代的家人嗎？

泰介沒自信答案是肯定的。

「……我不能聯絡家人。」

青江似乎把泰介這句話解讀成另一種微妙的意思。

「雖然很痛苦，但應該是明智的決定吧。」

泰介說自己好一段時間無法接觸到任何訊息，不曉得外界對於山縣泰介是凶手的說法究竟是怎麼想的。

青江思忖片刻，說了句「這個嘛」，表明自己雖然沒有看遍網路上的各種評論，但幾乎所有人都確信泰介就是凶手，只有極少數人呼籲大家不該未審先判，但他們的論點主要是譴責濫用私刑，主張無罪推定原則的重要性，不過是想藉由唱反調來突顯自己的與眾不同罷了。所以結論是，沒有人理性相信泰介是被冤枉的。畢竟上班時間無法看電視、聽廣播，但從具有公信力媒體發布的網路新聞來看，報導中並未斷言泰介就是凶手；不過，從他們毫不避諱地用「正在搜索對這起事件知情的男主人」、「正在搜索當天出現在公園附近的男子」之類的敘述，不難想像幾乎認定泰介就是凶手。就某種意思來說，媒體百分之九十九認為泰介是凶手，但就怕萬一不是，所以為求保險起見，沒公開泰介的名字，巧妙地守著這道防線，繼續報導。

「山縣先生沒想過求助警方嗎？」青江回頭看向窗外，確認沒人後又說，「我想可能沒那麼多人啦！但好像有些偏激民眾想抓捕你。剛才有一對男女站在這棟房子前面，你有注意到嗎？」

「……說帶著菜刀，是嗎？」

「他們帶著菜刀嗎？」

「他們是這麼說。」

青江似乎有點被嚇到地瞠大雙眼。

「那兩個孩子大概就是我說的那種人，不懂他們怎麼會鎖定這裡的樣品屋……總之，山縣先生想暫時躲在這裡是沒問題的，但一想到有那種正義魔人，就覺得這裡可能也不安全。既然如此，說『自首』也不恰當，主動向警方說明也是一種選擇，不是嗎？」

「警察會相信我是無辜的嗎？」

泰介純粹只是想詢問青江的意見，只見青江一臉認真地思索著，沉默了一會兒，猶豫著是否該回應。

「老實說，我也不知道。我當然希望警方不要單憑可疑這理由就認定你是凶手，但想到那些描述冤罪事件的紀錄片，不能排除會有被逼供的可能。我也不是很清楚，但我想警方多少會約束媒體的報導，哪些情報可以報導，哪些情報不能報導，所以就這一點來看，既然警方允許媒體放出暗示山縣先生是兇手的報導，就表示……」

「……我被警方認定是頭號嫌犯。」

「萬一需要我幫忙，我可以出面作證，但我的證詞頂多只是『山縣先生是個很講究遣詞用字的人』，不曉得能不能幫上忙……」

青江的口氣不是很有把握，聲音也越來越小。

但一味躲著警方和那些偏激的民眾，逃離全日本的關注，絕對不是什麼值得鼓勵的行為。青江像是重新通電似地滔滔不絕；難道要一輩子避人耳目地過活嗎？還是請誰幫忙偷渡海外？抑或是躲在不見天日的地下室，直到逮住真兇，確保自身安全無虞？這些都不是一句嚴苛就能形容的選項。既然如此，選擇相信警方絕非愚蠢的決定。

青江的話有道理，但對於當事人泰介來說，有個無法這麼做的莫大理由。泰介很在意自己無禮對待來他家門口驅趕好事者的員警，也很在意警方直接打手機給他，但最終制止他投降的原因不是別的。

「……我收到一封信。」

「信？」

泰介打開肩背包，移開摔壞的望遠鏡，拿起塞在最裡面的那封信。把放著餐具的拖盤往旁邊挪，然後在地板上小心翼翼地拉直被汗水弄皺的部分。

「這是？」

「我在公司收到的。」

青江前傾身子看著信的內容。

山縣泰介先生：

事態遠比你想像來得嚴重。

不能相信任何人，也沒有人會站在你這邊。

如果想得救，只有一個方法。

那就是逃，不停逃，只能這樣。

我希望你能真的逃脫。

要是覺得痛苦萬分，「36.361947,140.465187」。

瀨崎晴哉

「我根本不曉得這個叫瀨崎的寄件人是誰，但他似乎知道我會變成這樣，實在太奇怪了。總之，我一直隨身帶著這封信。叫我不能相信任何人的意思，就是連警察都不能相信，或許是我想太多吧。還有這排數字，完全看不懂是什麼意思……」

「這應該是座標吧？」

「座標？」

「好像是經緯度吧。看起來只是數字，不曉得是指哪裡，不過要是輸入谷歌，應該找得到。」

這麼說的青江掏出手機，輸入紙上寫的數字。輸入最後一個數字時，果然如他猜想，畫面上出現地圖。

倘若出現的是艾菲爾鐵塔或是矗立在撒哈拉沙漠中，這種毫無意義的情報就不用理會，但如果紅標標示的是大善市內某個地方，可就不能無視了。好奇這是哪裡的青江把地圖放大一瞧，紅標標示著一處應該什麼都沒有的山丘，而且離泰介家不遠。要是覺得痛苦萬分，就去這裡？可是，這裡是哪裡啊？

「你要去嗎？」

「不，我還沒……」

如果覺得寄件人是站在自己這邊的話，當然毫不猶豫地去。問題是，真的可以相信這個人說的話嗎？

青江擦拭額上頻冒的汗珠。為了不讓裸身只裹著被子的泰介凍著，暖氣開到最大。

「對了。我拿我們公司的工作服借你穿。」

泰介覺得讓青江如此費心，真的很過意不去，本想推辭，但悲慘的事實就是沒穿衣服根本無法行動。泰介再度向步出貨櫃屋的青江行禮致謝，獨自窩在屋內的他再一次看著那封信。

若問現在的狀況是否痛苦？想都不必想，現在就是人生最殘酷的時刻，身心皆已瀕臨崩潰。倘若有人肯伸出援手，無疑是雪中送炭，恨不得立刻衝過去；但落魄到這地步，單憑一張紙就全盤信任，真的沒問題嗎？泰介的內心充滿疑問。再說，這個寄件人瀨崎晴哉到底是誰？

就在泰介思忖之際，青江拿來用塑膠袋包著的工作服和工作用鞋子。泰介再次道謝時，察覺青江的神情頗凝重。

「警察來我們辦公室。」

內臟像被重擊一拳似地，泰介嚇得差點嘔吐。

青江迅速撕開包裝袋，把工作服遞給泰介，然後拿著一把有豐田標誌的車鑰，告訴慌忙穿上褲子的泰介。

「借你一輛公司的車子。我再確認一次，你真的不想投案？」

「……嗯。」

「那就拿著吧。銀色Probox，油應該夠用。因為車子停在辦公室門口，所以建議你裝作正在工作的樣子，大大方方地走過去開車。萬一警方發現是你，我打算謊稱『不知道你偷溜進來，偷偷開走公司的車子』，還請諒解。」

這是再理所當然不過的條件，泰介也沒資格抱怨，甚至覺得青江對罪孽深重的自己實在太親切了。反倒覺得不太對勁。泰介忍不住詢問青江為何釋出如此大的善意。

「這個嘛……怎麼說呢……若要我說的話，」青江瞇著眼，「我看到不是壞人的人卻遭到不合理的對待，心裡很不好受。可能是我的體內有著所謂的『正義之心』吧。也很受不了那些明明不知道真相卻擅自加油添醋的傢伙。」

泰介穿上工作用鞋子，和青江一起步出貨櫃屋。腳底痛到每踏出一步，就想喊疼的地步，儘管痛到臉都扭曲了，還是要走得很自然才行。喬裝成正在工作的Cken員工，走向停在停車場的車子。

「最靠近你的那一輛。」

泰介輕輕頷首，向走進辦公室的青江道別。或許是蓄積的疲勞讓他變得沉穩許多，歷經幾次死裡逃生的泰介顯然比昨天來得從容。不曉得辦公室那邊的情形如何？來了幾個警察？除了青江，其他職員認得我嗎？即使有無數在意的事，泰介還是直盯著車子，按下口袋裡的車鑰鈕，順利解鎖，趕緊上車發動引擎。

還沒決定去哪裡。不要停下來，看是要繼續北上，還是南下？想想，漫無目的的逃亡，等在前方的絕對不是光明的未來。

那麼，還是去那個座標標示的地方呢？

內心存著擔心是陷阱的一抹不安，但不可能就這樣一直逃到世界盡頭，要是還有萬分之一期待情況幡然好轉的念頭，恐怕只有這個選項了。與其說是寄予一縷希望，不如說泰介抱著半自暴自棄的心情放下手剎車。

泰介打左轉燈，車子朝著昨天來時的路揚長而去。

22 住吉初羽馬

你是這起事件的罪魁禍首。

櫻的丕變態度讓初羽馬十分震驚，卻沒被動搖心志。要是心裡有數，那就另當別論，但初羽馬認為自己和這起事件無關。她八成是為了挽留我，又扯謊吧。

震驚的情緒逐漸轉變成同情，不值得花時間和這種人糾纏下去。不想再理會櫻的初羽馬走向車子時，有輛車身印有Cken商標的公司車從他面前呼嘯而過，想起方才和職員起衝突的初羽馬不由得後退，卻發現坐在駕駛座上的男人頗眼熟。

那是——

「……果然在這裡。」身後傳來櫻的聲音。

開車的不是別人，就是山縣泰介。

他真的在這裡。初羽馬深感驚訝的同時，對於櫻有著明確依據，直搗樣品屋一事越發覺得恐怖。看來她的背後有個能夠精準掌控情報的組織。

櫻竟然追著山縣泰介駕駛的那輛車子，但哪可能追得上。只見她指著車子遠去的方向，要求初羽馬快點開車追上去。初羽馬的心早已堅如磐石，不想再和這起事件有任何牽扯的他打算丟下櫻，反正一切都是她自作自受。就在初羽馬無視要求準備離去時，櫻氣得擋在他面前。

壓根兒不想對女人動粗，但對方要是不識相的話，也只能應戰了。就在初羽馬思索著該如何反擊才不會傷到櫻時，背部撞擊水泥地的人竟然是初羽馬。櫻的淚水落在初羽馬那因為驚訝與羞恥而瞬間脹紅的臉上。

「要不是你、要不是你做了那種事。」

被制服住的初羽馬不敢強烈反駁，但還是設法勸說櫻趕緊鬆手，並強調自己沒做錯什麼，也勸她別再妄想，別把事情搞得更複雜。處於劣勢的他只能設法讓櫻冷靜下來，安撫她的情緒，無奈櫻根本聽不進去。

「你知道這是什麼嗎？」

櫻把手機伸至初羽馬面前。初羽馬不想看，卻又迴避不了。畫面顯示的是曲線圖。這是什麼？就在初羽馬想說根本看不懂這是什麼時，突然想到一種可能性。

該不會是……就在他試圖拂去腦中雜念時，不禁屏息。

「這是『血海地獄』這個關鍵字的推文數量變化圖。那個帳號在十五日晚上十點零八分發出第一則推文，那時的推文數是這樣，這裡。」

她指的位置根本稱不上曲線圖，只是沿著X軸走的底邊。

「原本沒有任何動靜的圖在這裡突然出現爆炸性的急速上升。這裡。給我看清楚！就是這裡！」

確實像櫻說的，從某一點開始有如矗立的尖塔般急速上升。距離第一則推文已經過了十一個小時，也就是十六日的上午九點。那時發生了什麼事？怎麼會變成這樣？初羽馬下意識地找藉口裝傻。

「不，那是巧合，那時間——」

「那是『住初』，也就是你引用那則推文的時間。」

初羽馬看著畫面，用力搖頭。

「不是！」這麼回應的他趕緊在腦子裡構築藉口。初羽馬的跟隨人數約莫千人，也許就一般人來說算是挺多的，但實在稱不上網紅；不過他舉辦的活動曾多次與名人合作，跟隨者中也有幾位名人。這本來是讓初羽馬頗為自豪的事，如今卻成了令人頭皮發麻的事實。初羽馬想起昨天早上發現轉發推文的名單中有名人。不，一定是我看錯了。驚慌不已的他找到一條退路。

「那也不能怪我啊！何況我朋友比我先轉推。」

「我知道，我有看到，但你朋友比你早四個小時，也就是在你協助擴散之前四個小時轉發推文。四個小時內只有二十六則轉推，消息不但不會傳開，熱度也會逐漸冷卻，可是，可是你卻輕易散布謠言——」

「不是的……我只是無法容許有人做壞事……」

「不管動機如何，無辜的山縣泰介被逼上絕路是你害的。」

「可是，也不能斷言山縣泰介是無辜的——」

「他是無辜的！我不是一直這麼說嗎！都是你害無辜的人逃了一整晚，把他的人生搞得亂七八糟！」

「可是……那情報弄得跟真的沒兩樣，任誰都會上當受騙啊！我——」

「我什麼？你說啊！」

「我、我沒錯。」

櫻收起手機，緊握的雙手輕輕地擱在初羽馬的胸口。不是用力壓，也不是猛然一擊，只是輕輕地擱著。初羽馬卻清楚感受到櫻的雙拳握得有多緊、多用力。

「全都是你搞出來的，不是嗎？」

「……什麼意思？」

「我參加你們社團辦的那個『思考網路交友研討會』，真的很錯愕。本來以為你們邀請我，是希望我從被害者的觀點分享一些對於網路交友的看法，沒想到去了才知道你們根本不想聽我的意見，只是一直進行地獄般的互舔傷口行為罷了。你們不是想了解網路交友的問題嗎？你們不是在討論該怎麼做，才能期待光明的未來嗎？說穿了，你們只是浪費時間捏造自己沒錯的藉口。結果這次的研討會也是這樣，死命洗腦大家。我看了你們上傳到YouTube的影片，打從心底嚇到，所有議題的前提都是『為什麼我們沒有錯』。」

櫻高舉緊握的拳頭，但揮下的瞬間放緩速度，輕輕地捶了一下初羽馬的胸口。

「我們的確為上個世代留下來的一些負債所苦，也遇到不少令人無奈卻無力改變的情況，加上這世界有太多陳腐的價值觀，剝奪了新的可能性。可是啊，只有用自己有限的力量努力改變的人才有資格抱怨。你有做什麼嗎？你有做出什麼成就嗎？只是辦辦活動，說說不在場者的壞話，然後鼓掌完就散會了。你做的事不是前進也不是後退，而是幫自己的停滯不前找藉口。這次也想這樣嗎？繼續給自己找藉口嗎？這次的事件最可惡的當然是凶手，第二可惡的……雖然很羞愧、很懊悔、很不想承認，但這個人就是我。然後第三、第

四、第五可惡的，絕對是你！住吉初羽馬。」

初羽馬正要開口時，櫻鬆手了。果然聲音太大，引來Cken的職員前來查看。櫻發現這位職員就是剛剛趕他們走的男子，隨即拭淚奔向他，然後悄聲地拚命說些什麼。只見兩人走進辦公室，獨留初羽馬怔在原地。

初羽馬緩緩起身，整理凌亂的衣服，拍掉身上的塵土。當他發現自己接下來的動作是整理頭髮時，頓時有種難以言喻的羞恥感，哄騙自己吸鼻涕是因為寒風刺骨的關係。初羽馬就這樣低著頭，一動也不動。

幾分鐘後回來的櫻看到初羽馬還在，露出有點鬆了一口氣的表情。

「……我知道凶手是誰，也終於想起來『からにえなくさ』的意思。」

這麼說的她手裡握著一張紙。

「剛才說了很過分的話，對不起。但我不覺得自己有說錯什麼。」

無法直視櫻的初羽馬再次低下頭，櫻則是率直地低頭拜託。

「我需要你的協助。」

颳起一陣寒風。

「再這樣下去，山縣泰介會被很小的孩子殺死。」

23 山縣夏實

離家後，過了十幾分鐘。

夏實知道江波旦想問什麼，但她選擇不予理會，朝目的地前行。兩人走過萬葉町，終於來到一處小山丘下。

這座平淡無奇的荒山正式名稱叫「順葉綠地」，附近的人都叫它「山丘」。

沿著小徑步行約十分鐘就能登頂。正值寒冬，草木沒那麼茂密，但沒有維護的山徑實在稱不上好走，勉強算是一條路而已。深怕跌倒的夏實不安地頻頻瞅著腳下，稍稍撥開雜草往前走。

兩人順利翻過鏽跡斑斑的圍柵，前方出現三間被高大樹群遮住的屋子。一看就知道是廢棄已久的屋子，飄散著寂寥氣息的和風老民宅，每間的屋頂都覆著老屋瓦。

「……這裡是？」

面對江波旦的疑問，夏實回道：

「並排著三個磚瓦屋頂，中間的屋子就是『からにえなくさ』。」

「……什麼意思？」

「你沒看到那裡有塊招牌嗎？」

江波旦點點頭。夏實本想回去後再向他說明，但想想現在說也無妨。兩人走向玄關，夏實一邊走，一邊說出就她所知關於這戶人家的事。

這裡原本是一處私人牧場。夏實和夏實的爸媽都不清楚這裡的事，是聽兩年前轉學朋友的祖母說的。這裡住著有點奇怪的一家人，他們想要過自給自足的生活，所以放養了好幾隻動物，稱這裡是牧場或動物園，只要付幾百日元就能和動物近距離接觸，但因為地點太偏僻，一家人又沒心經營，所以生意很差，不久後牧場的營運便岌岌可危。夏實不太懂「逃跑」這詞的另一層意思，總之，這家人趁夜「逃跑」的樣子。

這三棟房子就這樣被棄置了。

我們去看看吧。去年在朋友的慫恿下，夏實初次踏入這裡。四周的圍柵不高，就連小學生也能輕易翻越，門也沒上鎖。起初抱著試膽心情來探險，和朋友進去好幾次，邊吃零食邊聊祕密，就是小孩子在一起時的玩樂。後來發現他們嫌麻煩沒帶走的東西，下次來時依舊擺在原處，便逐漸把這裡當作他們的祕密基地；但隨著朋友轉學後，夏實也很少再來

這裡。總之，這裡就是被稱為「からにえなくさ」的地方。

江波旦仍舊滿腦子疑問的樣子，但夏實不在意，推開木製拉門。今天還是保持她最後一次來訪時的模樣。

本來進屋應該要脫鞋，但四處滿布塵埃，所以夏實穿著鞋踩上陳舊的榻榻米，緊跟在後的江波旦也學她穿鞋進屋。客廳擺著兩張髒髒的雙人座沙發，但比起其他家具算是比較乾淨的，坐起來也還算舒服。夏實拍掉塵埃，落坐其中一張，江波旦也戰戰兢兢地坐在她的對面。

該從哪裡開始說明呢？就在她這麼思忖時，察覺坐著的地方有異物感。伸手一探，好像有什麼東西夾在縫隙。

「……啊，原來在這裡。」

江波旦詢問是什麼東西，夏實從縫隙拿出來給他看。

「我爸的隨身聽。」

夏實回座，一邊操作隨身聽的她放心地吐了一口氣。

「找到真是太好了……我把它忘在這裡。」

「你特地跑來這裡聽音樂？」

「不是。」

夏實無奈地笑了笑。

「我冒充我爸，玩X。」

一時之間會意不過來的江波旦沉默好幾秒，過了一會兒，像是在找答案般張望屋內後，才鼓足勇氣地反問：

「山縣同學……你冒充你爸，玩X嗎？」

「是啊。可是這裡沒辦法上網，所以在這裡寫好推文，回家上傳。」

「……為什麼要做這種事？」

夏實沒回應，深嘆一口氣後低頭向江波旦道歉。

「對不起，江波戶。我一直瞞著你。」

夏實像在猶豫似地又沉默了幾秒後，指著江波旦身旁的櫃子，試圖岔題說那裡有之前帶來的零食，可以拿去吃；但終究敵不過江波旦探求真相的熾熱眼神，決定吐實。

「那張紙條是我寫的。」

江波旦愣住，靜靜地掏出塞在口袋裡的紙條，不敢置信地看著夏實。

「你爺爺看到的人影就是我，我和別人約在那座公園的附近碰面。因為我沒有手機，都是用隨身聽聯絡，所以必須找地方上網才行……我在找不用密碼就能連上的 Wi-Fi，就這樣站在那個有點奇怪的地方，沒想到被你爺爺嚇到，只好慌張地隨便搭上一輛公車……其實我是要把寫著『からにえなくさ』的紙條交給約定碰面的人，讓他猜猜是什麼意思，然後在這裡碰面。猜猜這三個磚瓦屋頂中，有『からにえなくさ』記號的是哪一間房子……對不起，所以你再怎麼調查也找不到犯人。」

江波旦笨拙地點點頭，一邊設法消化夏實說的話，一邊環顧屋內，視線停留在廚房裡的瓦斯筒。其中一個倒在地上，明顯壞了，另一個雖然髒髒的，倒沒什麼破損。瓦斯筒上連著橡膠管，管子前端擱在滿是汙泥的水槽裡，水槽旁邊還擺著全新的點火器。

「那樣不是很危險嗎？」

夏實明白江波旦的意思，只見她一臉愁苦地低著頭。

「我知道很危險，但被逼到這地步也沒辦法，想說『只要一點火，一切就能炸飛了』，本來打算點火，結果還是下不了手。」

「被逼到這地步？」

「你剛才去我家，我不是跟你說我爸爸知道我和網路上不認識的人約碰面，他很生氣嗎？」

「……嗯。」

「我說我被罵得超慘。」

夏實看到江波旦點頭，決定道出當時的一切。

那時的父親是夏實有生以來見過最恐怖的東西，不是大發雷霆，也沒有拳打腳踢，聽著警察說明事情原由的父親面無表情，只說了「我無法想像」、「不敢相信」這兩句話。要是被臭罵一頓反倒輕鬆，至少也希望他說說今後該怎麼做。

只見父親面色鐵青，不停搖頭，然後緩緩起身，似乎認定夏實的罪不是口頭斥罵就行，而是必須更嚴厲地懲罰。他默默拉著夏實走到庭院，將她推進倉庫，母親試圖阻止卻阻止不了。門一關上，沒有照明設備的倉庫一片漆黑。厚重的門就算沒上鎖，單憑夏實一個人也開不了。但父親為了嚴懲她，索性上鎖。

結果，那扇厚重的門直到隔天都沒開啟。

起初，夏實盤腿坐在硬硬的水泥地上，反省自己的過錯；但過了一小時後，反省的素材耗盡，她開始質疑強行這麼懲處她的父親。我該怎麼做？我做錯了什麼？為什麼要把我關起來？我有那麼壞嗎？就算我做錯事，可是——

「這樣……真的很過分耶！」

看到江波旦驚訝地瞠大眼，夏實的心彷彿被柔軟毯子裹著，靜靜地得到救贖。就是啊！真的很過分。感覺一直無法向別人啟齒，始終揣在心裡的問題終於從旁人口中得到正面回應。同時也希望自己想做的事，還有已經做的事也能得到認同。瞬間，夏實覺得眼角熱熱的。

「所以囉，我想讓我爸知道，我沒錯，錯不在我，我只是『貫徹自己的信念』。」

「……翡翠雷霆。」

江波旦一說，夏實馬上回應「沒錯，就是這個」，掏出塞在口袋裡的徽章。星港的神祕男子給的這枚徽章，像在支持夏實似地發出幽微卻不失力道的光。想想，還真是得到了好東西。我想成為夠格擁有這東西的人。沉浸在這般感慨的夏實發現自己居然忘了主角叫什麼名字。「翡翠雷霆」的主角叫什麼名字？江波旦告訴她：

「瀨崎晴哉。」

24 堀健比古

「我可以反問你們一個問題嗎？」

聽到每個問題都回答不知道的芙由子說出這句話，堀立刻重整坐姿，說了句「請說」。芙由子似乎不知如何開口，凝望遠處一會兒後將手裡緊握的手帕擱在桌上。

「兩位都認為我先生是兇手——我的認知沒錯吧？」

無法回答是的。該如何回答？該怎麼表達才不會刺傷對方的心？堀想在短時間內找到說詞，芙由子卻似乎把他們的沉默視為默認。六浦看到她輕輕頷首，研判敷衍絕非上策，決定說明情況。

被害人與山縣泰介透過交友軟體認識，而用於註冊交友軟體的證件是山縣泰介的會員卡。被害人都是以約會為名，詐取男方金錢為手段，非常惡劣的賣淫組織成員。警方認為兇手是因為怨恨她們的非法行徑而痛下毒手。

堀很擔心六浦會不會脫口而出尚未公開給媒體知道的情報，幸好六浦的說明並未逾越。畢竟目前還無法斷定芙由子是可以信賴的情報提供者。

芙由子聽完六浦的說明，從她口中吐出的一點一滴話語，就像堆疊得搖搖欲墜的積木般靜靜地落在客廳。

「我也逐漸冷靜下來了。」

她的右手擱在手帕上。

「就像我剛才說的，有時我會莫名地覺得痛苦。為什麼只有我遭遇這種事？為什麼只有我這麼痛苦？為什麼周遭人都無法理解這件事？像你們這種整天忙於工作的男人可能無法理解這種感覺吧。每天關在家裡做家事，漸漸地不曉得自己的立足點在哪裡，沒有升遷也沒有加薪，沒有任何回饋，只是每天在家這個牢籠裡重複同樣的事。『今天的菜好好吃哦』、『謝謝你』，哪怕只是這麼一句話都能救贖我的心，但這東西在這個家慢慢地……變成稀有物。感覺自己與這世界切割，成了非常格格不入的存在。外子隨著年紀漸長，人脈越來越廣，收入也增加，社經地位也越來越高，而我呢？有比其他家庭主婦做得好嗎？還是遠遠不如？我不知道。我有幾個結了婚的朋友，但我不曉得她們在家裡的情況。只有我一直被關在這裡，一直被視為空氣般遺忘在這裡，當然很孤獨。白天外子上班，女兒上學後，我在這個除了自己沒有其他人的房子裡，總是莫名掉淚。」

芙由子深呼吸，平復情緒。

「我該怎麼辦？要如何適應這般孤獨？有人會找人吐苦水，也有人舉辦活動讓大家了解家庭主婦的辛苦。我再也無法忍受了。雖然光靠外子的收入就能過上不錯的生活，但為了不和社會脫節，我決定去打工，渴望被人需要的感覺，相信這社會總有一張為我準備的椅子。得到安慰後，多少舒緩了我心中的苦，但一閒下來還是會掉淚。

「外子看到我這樣也覺得很煩，想說帶我出去吃頓飯就會好些，但他從沒問我想吃什麼，總是自作主張選了高級餐廳。為什麼這個人如此遲鈍？為什麼就是無法理解我的心情？抱著這般心情吃飯怎麼可能覺得美味。而且每次吃完飯，外子就會帶我們去買東西，要我們挑自己喜歡的東西，可能想說我會因此眼睛發亮，開心得像個十幾歲少女吧。這麼一想，更覺得外子的遲鈍讓人厭惡。當然賺錢養家的是他，掌管家計的是我，所以就算要價十萬日元的東西也會買給我吧。但我知道這麼做會給家裡造成負擔。說來慚愧，我想拒絕他的這番自以為是卻又捨不得，只好每次都挑個五千日元左右的東西應付一下。這金額買不了大衣，衣服、鞋子要買到五千日元又覺得浪費，所以能買的就是這個了。」

芙由子拿起手帕。

「隨著這東西越來越多，更說明了外子有多麼愚鈍與自以為是，也合理化我的孤獨，想想就覺得很開心。

「我最喜歡看他在家裡東翻西找，找不到東西的慌張模樣。怎麼連放在哪裡都不知道啊？每次我看到他這樣，就覺得這人沒救了。要是沒有我，他連日常生活都成問題，所以他在公司得到的名聲與收入有百分之四十，不，百分之六十左右其實是來自於我的支持與協助，只能這麼想來安慰自己。為了不讓無能的丈夫察覺自己的無能，只能一手承擔所有痛苦，真是可悲的妻子啊！我沒做錯什麼，都是因為另一半的愚鈍才讓我這麼痛苦。

「說實話，這次的事件確實讓我很衝擊、絕望、整個人都慌了，但心裡有那麼一部分，腦子裡的一處角落，像方糖般大小的地方是有點開心的。在了解整件事之前，我只覺得自己很可憐，都是另一半害我這麼悲慘。我明明沒有錯，卻得遭受這麼殘酷的試煉，可憐啊！實在太可憐了。所以我既希望他理解我在想什麼，卻又不想被他察覺，就是有著這般矛盾心態。畢竟要是他能了解我的心思，一切照著我希望的去做，我就沒有任何藉口合理化內心的孤獨。

「抱歉，一直在說自己的事，很可笑吧。不過，我總算冷靜下來了。總算能明瞭很多事，也總算明白什麼都沒看到的人其實是自己。那個人雖然很不體貼別人，但他的不體貼也激勵了心情低落的我。正因為他不知道該怎麼做，也就只能帶我去吃美食，買東西討好我。那個人從沒說過家庭主婦這工作還真輕鬆、都是我在養家活口之類的話。他其實很尊重我，是我不好，沒有清楚讓他知道我為什麼心情低落？為什麼哭？我說我們『吵過一次』，其實那不叫吵，只是我單方面模糊所有事情，歇斯底里地發洩情緒罷了。我絕對不會說出最關鍵的事，因為不說出來，他就無法理解，我也才能繼續自怨自艾。」

芙由子用手帕拭著溼潤的眼睛，像要把積存在肺裡的空氣全都吐出來似地長嘆一口氣，表情和緩許多。

「記得有次我們在餐廳吃飯時，我因為太痛苦，不想理會前來點餐的店員。我知道這麼做很差勁，但就是不想理會對方。結果外子氣得訓了我一頓。『不管你的心情再怎麼不好，也要尊重別人。如果還沒決定要吃什麼，就說自己還沒決定，不該無視別人的存在。』那時我很生氣，但現在想想，他說的並沒錯。外子雖然作風強硬，但他很尊重別人，對自己很嚴格，對別人也很嚴格。我總算想起這件事。」

芙由子看著堀，又看向六浦，然後直視著堀的雙眼。

「我先生不是凶手。無論有什麼理由，哪怕是再怎麼惡劣的人，他絕對不會想殺了對方。」

斷然這麼說的芙由子，露出一掃陰霾的清爽表情。

堀已經聽過無數次加害者的家屬拚命為家人辯解的說詞。每次聽到都很想反問他們，你們見過殺人犯嗎？任誰都會想像殺人犯就是不停喘氣，雙眼滿布血絲，滿口胡言亂語的精神異常者；但其實殺人犯沒什麼特別，就是個普通人，所以就算芙由子的證詞是真心話，也不過是個人的自由心證。

「我只想到一種可能，那就是有人陷害他。雖然我女兒和我先生的關係很疏離，但她的心情應該和我一樣。」

芙由子相信家人的心情很美好，但就算增加一兩個擁護者也無法改變什麼。堀認為就算女兒從房間出來，說父親不可能殺人，也無法改變自己對現況的判斷；不過，堀很在意芙由子剛剛說的一句話。

「令嬡和父親的關係頗疏離嗎？」

「嗯……是的。」

芙由子微微蹙眉，似乎後悔自己說了不該說的事，但還是毫無隱瞞地吐實。女兒夏實曾透過社群網站和成年男子相約碰面，而且對方是個有前科的戀童癖。事情爆開後，泰介氣得把夏實關進倉庫一整晚，還去學校控訴老師督導不嚴。從那之後，夏實就不曉得該如何面對父親，父女之間有道無形鴻溝。

還真是出乎意料的新情報。六浦迅速寫著筆記。

「方便和您女兒聊一下嗎？」

坐在飯廳的芙由子母親起身示意女兒坐著就好，隨即走向走廊，應該是去叫孫女吧。想說怎麼去這麼久時，只見獨自回來的老人家微偏著頭，一臉疑惑。

「小夏有說她要出去嗎？」

「咦？」

芙由子反問夏實不是在房間睡覺嗎？

「家裡各處都找過了。沒看到啊！」

堀與六浦立刻起身，徵得同意後幫忙尋找，但就像芙由子的母親說的，沒看到夏實。通往屋外的窗鎖開著，看來夏實沒跟家人說一聲就離家了。那麼，她會去哪裡呢？昨天人還在，早上也是。就在家人慌成一團時，堀與六浦的預感逐漸成形。

凶手只可能是山縣泰介。為什麼呢？因為所有的偽裝都必須入侵山縣家才行。問題是，山縣家從沒被闖空門。倘若凶手並非山縣泰介，那就是能夠自由出入山縣家的家人。

堀請六浦馬上聯絡搜查本部調查山縣夏實的行蹤。

25 山縣泰介

車子疾駛，彷彿要弭平自己一路走來的路。

從幾乎沒什麼建築物的東內，來到交通擁擠的大善市市區。途中與一輛警車擦身而過，但警方可能沒料到泰介會開著車吧。連瞅都沒瞅一眼。車子停在最需要繃緊神經的大善車站附近十字路口，週末出遊人潮從右往左走過車子前方。可能是開著公司車，身穿工作服的喬裝奏效，直到車子隨著綠燈亮起融入車流，都沒人認出泰介。

總算來到目的地。

本來隨身帶著那封信，但翻遍口袋都沒找到，看來是忘在Cken的樣品屋。幸好已經記住座標位置，所以沒問題。

泰介把車子停在停車場。這裡是可以停超過二十輛車子的大停車場，但因為沒有好好維修管理，所以一片空蕩蕩。

只停著他開的Cken公司車，沒有其他車子。

順葉綠地——泰介注視著矗立在停車場的招牌。雖說住在附近，卻不曉得有這麼一處小山丘。這裡有人看管嗎？一片茂密綠意與其說是有人細心栽植，不如說是恣意生長。

這片茂林真的有入口嗎？這麼想的泰介步行了一會兒，來到一條勉強稱得上是山徑的小路。從這裡上去嗎？座標標示的並非順葉綠地的外圍區，應該是在山頂附近。泰介忍受腳底血泡的疼痛感，穿著工作鞋一步步登頂。

不停撥開雜草前行了大約十分鐘，出現看起來廢棄已久的圍柵，泰介停下腳步。圍柵另一側矗立著三棟都是磚瓦屋頂的房子，其中一棟前方還立著老舊的招牌，上頭有些文字模糊不清，只能自行拼湊意思。

ここから先、私有地につき立ち入り禁止
※動物にエサを与えないでください
（從這裡開始屬於私有地，禁止進入
※請勿餵食動物）

好像是這樣的意思。現在能正確分辨的字只有七個：

から、に

※エなくさ

看來有人曾住在這裡，還飼養動物的樣子。

泰介小心翼翼地走向民宅。寄件人指示的地方應該是這裡沒錯吧？雖然存疑，卻無法驗證。不知是門框變形還是木材腐蝕，拉門不太好開，不過稍微用力就能開啟。沒有門鎖，泰介擔心可能有人追來，隨手撿了一塊木片挾在門框下方權充門鎖。

室內四處爛泥。泰介戰戰兢兢地進屋，踩上破爛的榻榻米。客廳有兩張破爛不堪的沙發。寄件人要告訴我這裡是避難所？還是暫時棲身的地方嗎？要我覺得痛苦就來這裡，意思是逃到這裡就很安全的意思嗎？泰介的心裡莫名萌生安心感的同時，支撐著他往前行的緊張感也消解了。一直以來累積的疲勞感從骨髓滲出。泰介心想，暫時在這裡休息吧。

櫃子上還放著零食。泰介不愛甜食，但現在只要能吃的都不嫌棄。當他打開餅乾袋子，塞了一塊進嘴裡時，強烈酸味迫使他吐了出來。臭掉了。吐了好幾次口水的泰介抬起頭，發現櫃子上有個電子機器。他好奇地伸手一拿，原來是和他以前用過的款式一模一樣的隨身聽。

因為以前用了一陣子就閒置了，所以湧不起什麼懷舊感，不過握在手裡的觸感還是喚醒了記憶。這裡怎麼會有這種東西？泰介這麼思忖時，突然在意起自己的隨身聽後來是怎麼處理的，不記得扔掉了，也不記得給了誰，想不起來。就在他隨手按下電源鍵時，畫面竟然亮了。

有充電。

儘管泰介滿腦子疑問，但既然啟動，手指也就自然動了起來，沒鎖。滑了一下畫面，突然出現一張照片，看來是點開了瀏覽圖片的軟體。即便是讓他備受衝擊的照片，卻疲累到只是輕嘆一口氣。

不斷滑著畫面的泰介甚至露出苦笑，出現的一張張照片讓他越看越覺得意識模糊。最先出現的照片是泰介的高爾夫球袋，接著是泰介的高爾夫球桿，再來是泰介家的庭院，再來是、再來是——原來這是凶手用來發推文的機器，果然那封信是個陷阱。

泰介連移動到沙發的氣力都沒有，當場癱倒在地的他忽然聞到一股不尋常的惡臭，而且不用尋找，惡臭來源就在面前的櫃子。泰介用使不上力的左手輕輕推開櫃門，率先映入眼簾的是蒼白趾尖，接著是大腿，最後要全開時，因為耐不住惡臭，趕緊關上門。泰介像被惡臭驅趕似地拖著身子往後退，沒有坐回沙發，而是背靠著沙發坐在地上。

這下子，我成了殺害三名女子的殺人魔嗎？

即使遭受如此卑劣的嫁禍，泰介也憤怒不起來。除了因為疲累至極，此刻的他開始覺得再怎麼莫須有的罪名，落到自己頭上也見怪不怪了。就算自己不是殺了三個人的窮凶惡極之徒，也必須被定罪，或許這一切都是必然的。

甭說明天，連十分鐘後的未來都不敢奢望的泰介，瞥見廚房有個大瓦斯筒。瓦斯筒上端接著一條細細的橡膠管，橡膠管前端是——泰介起身，走向廚房。

橡膠管前端有個點火器，一旁還放著神祕的徽章與手寫紙條——

要是覺得痛苦，請便。這次輪到你被關在黑暗中。

泰介用指尖挾起徽章，徽章的沉鈍光芒令他瞇起眼。他拿起點火器，看向瓦斯筒，上頭有個用手就能扭轉的閥門。一扭轉，瓦斯就會外洩嗎？然後在充斥瓦斯的屋內按下點火器就會氣爆嗎？泰介握著點火器，覺得有點溼溼的，也才察覺從進屋的那一刻就聞到一股燈油味。紙條旁邊擺著一條溼毛巾。

只要你想，就能輕易地燒了這房子哦！這才是凶手想傳遞的訊息吧。

泰介的視線再次落在那張紙條。

「要是覺得痛苦，請便。這次輪到你被關在黑暗中。」

紙條上寫的「這次」是指「什麼時候」？泰介試著用沉鈍的腦子思索，還是想不出個所以然。握著點火器的他坐在地上，仰望腐朽到出現個大洞的天花板。

想想現實面吧。我接下來該怎麼辦？

再怎麼想，也看不到光明未來。

再次奮力起身，又逃得了多久？一旦被逮捕就會被視為殺害兩名女子的凶手——不，現在是三個人，勢必被判處極刑。青江說媒體一面倒地定調山縣泰介就是凶手，所以破除誤解的可能性微乎其微，無計可施了。既然如此，自己親手結束這一切也是個選項，不是嗎？或許應該說，以自殺來滅罪算是神給我的最後寬容了。不是嗎？

泰介像要就此沉睡似地靜靜閉上雙眼。

入口的拉門突然發出聲響。泰介以為是自己的錯覺，卻再次傳來清楚的拉門搖晃聲。有人試圖開門，但因為泰介剛才用木片抵著，所以推不開。真凶終於現身了嗎？泰介揣著這般預感的同時，又覺得誰是真凶都無所謂了。誰都行，反正不管變成怎麼樣都無所謂了。

泰介像在觀賞電視節目似地注視著拉門那邊。

「爸爸！」

傳來熟悉聲音。

「爸爸！」

是夏實的聲音。

即便泰介不是那種寵愛孩子的父親，也不可能聽錯自己女兒的聲音。就在他聽到聲音的瞬間，腦中四散的碎片拼湊了這起事件的真相。

也揭開了那張紙條的黑暗真意。

「要是覺得痛苦，請便。這次輪到你被關在黑暗中。」

原來如此，現在的狀況不就正好和那天反過來嗎？泰介把和陌生男網友相約碰面的夏實關進黑暗倉庫一整晚。要是有人問他為何這麼做，那天的泰介肯定會回答：「當然是給她一個教訓啊！」但對於現在的泰介來說，之所以那麼做，根本就是自欺欺人的藉口。

泰介只是覺得很害怕。

知道自己的女兒差點遭遇無可挽回的傷害時，泰介覺得自己被無力感擊沉。我該怎麼做？拚命思索卻苦無答案。自己極度缺乏網路知識，這也不是靠腕力、體力就能解決的問題。沒有答案的恐怖迫使人生一路順遂的泰介變得狼狽不堪。到底哪裡做錯了？什麼是不該做的事？這又是誰的錯？領悟到冷靜窮究問題本質是高難度之事的泰介決定放棄思考。於是他決定如同紙條的字面意思，把一切關進黑暗。

是你的錯，給我好好反省！

他把女兒關進又小又暗的倉庫，也不告訴她要反省什麼，只是給了個最便宜行事的處罰。為什麼我會那麼做？——現在的泰介明白了。

因為自己不夠成熟。因為只要把問題的本質歸咎給別人，自己就不必花腦筋思考，樂得輕鬆。

泰介在心裡向站在門外的夏實道歉。真的很抱歉，做錯的其實是我。真正該反省的是我該如何守護你？但膽怯的我面對不知如何解決的問題，決定放棄思考，如此罪孽深重的我。

「爸爸！」

泰介輕輕地扭轉閥門。有雜音混入世界般，響起嘶的漏氣聲。

26 住吉初羽馬

初羽馬把車子停在停車場，站在車旁仰望朝天空筆直竄升的黑煙。火燒山。

畢竟距離火場有一段距離，所以初羽馬這裡感受不到熾熱高溫；但那滾滾竄升的可怕濃煙彷彿宣告世界毀滅。初羽馬不曉得火燒山與山縣泰介的事件有何關連，但也不會樂觀地認為兩者毫無關係。他不由得嚥了嚥口水。

你在這裡等我回來。初羽馬聽從櫻的指示待在這裡，搓著凍僵的指尖。

只能說初羽馬被櫻的一番話觸動，決定幫她。他讓櫻在Cken的樣品屋展示區上車，照她的指示來到順葉綠地。要是被說成那樣還退縮，算什麼男人——初羽馬不想用這種老掉牙的詞給自己找台階下，但櫻的指責確實殘酷地戳中他的痛處，自己也多少有自覺。

無論是說話的口氣、動作、外表或社群網站，越是費心維護這些東西，就越陷入自己被遠遠拋離的錯覺。初羽馬給人不斷前進的印象，但真正的他只是一直在原地打轉。不，才沒這回事。試圖為自己辯解的結果就是最後肯定會加一句，不是我的錯。

心中絲毫沒有總算意識到自己有多愚蠢的暢快感，但為了不讓住吉初羽馬變得更可悲，此刻必須協助櫻。

櫻在車上說了凶手的一些特徵，像是年齡、性別，以及大概的體型。我會努力盡快趕回來，但萬一凶手在我回來之前現身，你可以設法制伏他嗎？

如果凶手是像櫻所描述的話，要壓制也不是不可能；但初羽馬一想到剛才被櫻輕易扳倒的難堪模樣，就覺得不能過於自信。從小不擅長運動的他不管是投球、踢球都會招來別人的嘲笑，雖然覺得丟臉到不行，卻從沒想過要靠練習來克服，一心只想著要是沒有體育課就好了。這樣就不會被嘲笑。現在的自己跑五十公尺要花幾秒？能舉起幾公斤的啞鈴？就某種意思來說，不曉得自己體能狀況的初羽馬無法信賴自己的身體。這副身軀究竟矯飾了多少住吉初羽馬的本質？心中的怯弱促使他沮喪不已。初羽馬趕緊搖搖頭，激勵自己。

不久，出口那邊出現一個人。

那瘦削矮小的身影讓初羽馬稍稍安心地吐了一口氣。看起來比初羽馬矮一個頭，雖然怎麼看都不像是凶惡的殺人犯，但特徵和櫻說的相當吻合。

「不……不好意思。」

羞於主動向別人搭訕的初羽馬儘量裝作沒有惡意的樣子。雖然相信自己不會輸，但還是不想因此打起來。找個理由隨便聊聊，等櫻過來就行了。反正兩個對付一個，也不怕對方反擊。

「想請問一下——」

初羽馬本來想這麼做，但不待他說完，凶手便衝向他。

糟了。凶手先是大踏步地走來，接著全力衝刺。沒事！體格差那麼多，不會被撞飛。這麼安慰自己的初羽馬擺好姿勢，沒想到肩膀被撞就跌了個四腳朝天。那麼矮小的身軀哪來這麼大的力氣啊！初羽馬設法抵抗，發現凶手有著與體型不相符的厚實胸膛與二頭肌，迫使他的膽怯加速爆發，轉眼間就被凶手壓制在地上，下顎遭受強烈撞擊，腦袋搖晃，花了一點時間才認知自己挨了一記硬拳。啊啊，慘了。再這樣下去會被打爆。初羽馬再怎麼抵抗也無法力挽頹勢，也抓不到反擊的時間點。

就在凶手再次出拳時，傳來熟悉的聲音。

「住手！」

是櫻。

不停喘氣的櫻手持菜刀，對著凶手。初羽馬知道刀尖之所以微微搖晃，不是因為她累得無力，而是出於不安與恐懼。就在初羽馬心想得救時，凶手鬆開他，迅速將苗頭對準櫻，用右腳踢飛她握著的菜刀。只見在半空中描繪拋物線的菜刀消失於草叢中，失去武器的櫻不停後退。

「我知道你希望我說什麼。」

櫻害怕得直發抖，瞪著凶手的眼神卻很堅定。只見她咬了咬唇，堅毅地吐出這句話。

「但我不會說，因為你做了不可饒恕的事，所以我和你都沒資格擁有那個東西。」

櫻和凶手認識嗎？初羽馬完全搞不清楚狀況，但他知道櫻的這番話肯定會激怒對方。凶手聽到這番話的瞬間顯然怒不可遏，一副就快撲上去的樣子。

初羽馬勇敢地撲向凶手，抓住他的右腳，失去平衡的凶手奮力踢腿試圖甩開他，但初羽馬打死不鬆手。櫻趁機上前制伏凶手，無奈對方力氣太大，根本制服不了。初羽馬也漸漸失了力氣。

這下子真的完蛋了。

就在初羽馬覺得自己再也撐不下去時，瞧見有個人影從遠處跑來。

明明身陷如此危急的情況，卻像在哪裡看到明星般驚訝。可能是因為體力不濟吧，那個人一瘸一拐地跑著，卻有著難以言喻的魄力。搞不好他就是那個現在日本最有名的普通人。

山縣泰介。

櫻成功救了他嗎？

凶手看到泰介，明顯有些慌了。可能是覺得要是他加入戰局，自己就會處於劣勢。初羽馬這次用盡最後力氣壓住凶手的右腳，櫻也死命抱住凶手，限制住他的行動。就在凶手不停掙扎，迫使櫻鬆手時，泰介用身體撞倒凶手，把他的頭壓在地上，縛住雙手，成功制伏他。初羽馬安心地緩緩氣時，發現泰介面色如土，看起來十分虛弱。初羽馬索性坐在凶手的雙腳上，以防他再次抵抗。

「夏實……」

泰介虛弱地喚著。

初羽馬趕緊掏出手機報警。約莫五分鐘後，警方趕抵初羽馬他們所在之處——大善市星港的停車場。

到場的員警果然不明白現在到底是怎麼一回事。逃犯山縣泰介壓制著神祕男子，一旁還有不知跟這起事件有何關連的年輕男女，而且在場所有人都氣喘吁吁。

凶手不是山縣泰介，是這個人。

當初羽馬他們口頭告知後，警方當然不可能表現出恍然大悟的模樣，而是先壓制住泰介，接著再壓制這起糾紛的另一名當事者，他並不是女大生命案的嫌疑犯。

「真的很抱歉，都是我害的。」

錯過這次，怕是再沒機會賠罪了。這麼想的初羽馬朝著被押上警車的泰介喊道，無法理解他為何這麼說的泰介只是疲累地瞥了一眼。櫻也喊了一聲，泰介想回應，無奈車門瞬間關上，警車揚長而去。

兇手也被押上警車。初羽馬這才察覺個頭矮小的兇手頗眼熟，到底是在哪裡見過呢？初羽馬總算想到答案。

對了。

他就是今天朝會結束後，在觀景台看到的那個戴著翡翠雷霆徽章的人。

即時搜尋關鍵字：應該知情的二十幾歲男子

十二月十七日，下午三點二十一分

過去六小時，共三七一八則推文

悠哉庵 @nottari_an

進展快到讓人一頭霧水。誰能告訴我那個突然冒出來的神祕男子是誰？

「警方接獲通報後，隨即趕往大善市星港停車場，發現從昨天起便持續搜索的陳屍處所之屋主，以及一名應該知情的二十幾歲男子，兩人一同被帶往大善警署接受調查。」

↓引用推文：【真報新聞網】大善市絞殺事件：陳屍處所屋主與二十幾歲男子接受偵訊中

奇異鳥 @ 新潟的針灸人 @kiwi_shinkyu111

垃圾媒體給我報清楚！警察也真是的，從一開始就該說個明白啊！小市民都被你們搞糊塗了。給我好好工作！到底誰是凶手，給我寫清楚啊！什麼叫做應該知情的二十幾歲男子，到底知的是什麼情也要寫啊！

↓引用推文：【真報新聞網】大善市絞殺事件：陳屍處所屋主與二十幾歲男子接受偵訊中

金巴利 @campari999

蛤？鬧成這樣，結果大帝建設那個人可能不是凶手？如果這個知情的二十幾歲男子才是凶手，那些散播謠言的傢伙也該抓起來才對吧。

↓引用推文：【真報新聞網】大善市絞殺事件：陳屍處所屋主與二十幾歲男子接受偵訊中

高橋 @競價高手 @takahashi_sedorick5

完全搞不懂。什麼叫做「應該知情的二十幾歲男子」？這種寫法讓人覺得根本沒人真的知道到底是怎麼回事。

↓引用推文：【真報新聞網】大善市絞殺事件：陳屍處所屋主與二十幾歲男子接受偵訊中

27 堀健比古

堀和六浦都怔住了。

警方接獲住吉初羽馬的報案電話，隨即趕到現場，帶走山縣泰介及與他搏鬥的男子。警方沒有拘捕令，只能要求當事人配合偵訊，男子倒是沒有激烈抵抗。

凶手一定是山縣泰介。不曉得另一名男子是什麼來頭，應該簡單偵訊後就會釋放吧。沒想到大大顛覆許多人的看法，瞬間迸出幾個新事證。

在山縣家倉庫發現裝著石川惠遺體的塑膠袋上，採集到一枚並非山縣泰介的指紋，經過比對後證實與這名男子的小指相符。此外，鑑識課更從這幾具女屍慘遭繩子勒斃的角度，推算凶手的身高約一百五十公分到一百六十公分，而這次和山縣泰介一起被帶回偵訊的男子身高，正是一百五十八公分。

這些事證都讓警方高度懷疑他涉嫌，後來又查明他是第二十五個轉推「血海地獄」這則推文的雜學帳號推主，更不可能立刻釋放他。就連大善警署最擅長偵訊的木澤刑警也在本部的指示下，從負責偵訊山縣泰介轉為偵訊該名男子。

於是，大善警署三樓的一號偵訊室與三號偵訊室，開始分別偵訊山縣泰介與該名男子。

起初因為製作筆錄的關係，必須詢問一些讓當事人想翻白眼的基本資料，像是戶籍、住址、姓名、出生日期、學歷、職業等，花了一小時才問完。這期間，警方還發現男子的手機有寄到山縣泰介任職公司的信件存檔，頭號嫌犯的標籤也從山縣泰介移到男子身上。

堀與六浦落坐三號偵訊室的單面鏡前時，男子尚未招供。

是你幹的吧！給我老實招！木澤不會使用這般強硬說詞，而是設法體恤嫌犯的心情，循循善誘地問出真相，可說是這方面的能手。你很痛苦、很難受吧。像這樣逐漸卸下嫌犯的心防，讓對方願意吐實。

但，男子的口風很緊。起初可能覺得警察應該不會懷疑自己，所以不是裝傻，就是露出一副苦思樣，不然就是一臉驚訝地表示自己不知情，巧妙避開警方的訊問；但隨著設置在順葉綠地附近農地的監視器多次拍到他的事證攤在面前，只見男子明顯慌了，雙眼布滿血絲。

這下子要招了吧。就在堀有此預感時，男子落淚。

木澤周旋了好一陣子後，總算進入正題。首先詢問他與三名受害女子的關係。
「不認識……」男子看著桌面回答。
「那為什麼要鎖定她們下手？」
「……不可原諒。」
「為什麼不可原諒？」木澤問。男子嘴唇顫抖地回答。或許男子是抱著捨棄靈魂的覺悟，吐出這些話；但對於聽者來說，根本是讓人傻眼的理由。
「那些輕鬆過活的人不可原諒，活成那樣的人不配在這世上。每次在網路上看到關於那些傢伙的情報，就覺得她們罪大惡極，不該放過。」
「你沒被她們訛詐吧？」
「沒有……但她們必須受到制裁。」
堀嘆氣。殺人動機往往都是雞毛蒜皮之事，好比痴情而衍生出來的糾葛、小摩擦成了導火線，或是一時衝動——引發如此嚴重事態的凶手竟然說出這般動機，更令人惱火。
木澤面對這種傢伙，絕對不會說教，而是佯裝理解對方的心情，誘導對方供出更多。
「這世間太不公平了。無法原諒她們的行為，那些只會逮著機會撈一把的傢伙必須受到懲罰。」

木澤理解似地點頭後，看著筆錄。

「可是從剛才的話聽來，你有正當的工作，也沒被拖欠薪資，而且鈴下工務店可是深受本地人信賴的大公司呢！你還是覺得這世間不公平嗎？」

「這根本不是我想做的工作，我是迫不得已才做的。我明明有自己想做的事，想實現的夢想，可是我爸在我很小的時候就過世了。沒錢念大學的我只好高中畢業就出來工作。這世上就是有像我這麼不幸的人，那些輕輕鬆鬆就能賺進一大筆錢的人渣不可原諒！」

原來如此，我明白了。木澤露出十分理解的溫柔表情，眼睛卻不帶笑意。確定嫌犯鬆口後，就必須一鼓作氣蒐集重要情報。

「所以你一開始的目的是殺了那三個人，嫁禍給山縣泰介只是順便囉？」

男子想了一下，輕輕頷首。

「我不覺得嫁禍給他有什麼不對，一開始想到這招時，就覺得嫁禍給他就對了。那傢伙……現在想想，他就是第一個出現在我面前的罪大惡極之人。表面上是在大企業上班，領高薪的白領菁英，背地裡卻幹壞事……根本就是人渣。」

「你是怎麼知道山縣泰介的為人？是因為工務店和建商有業務方面的往來嗎？」

「不是。」

木澤又追問了兩三個問題，但男子對於他與山縣泰介的關係始終三緘其口。木澤只好換個話題繼續訊問。

「你和順葉綠地的火災有關，是吧？」

男子支支吾吾地說起原先想用瓦斯筒引爆，但有點擔心能否順利引爆，所以決定在屋子某處潑灑大量燈油，再用點火器點火，就能燒毀整棟房子，再來就是期盼被逼至絕境的山縣泰介選擇自殺一途。這麼一來，整起事件就能以嫌犯自殺身亡的結局落幕——這就是他的計畫。

原來如此啊。這麼說的木澤筆記著。

「話說回來，為了要讓整起事件看起來就是山縣泰介幹的，必須耗費一番功夫。像是取得山縣先生的會員卡，用 Wi-Fi 上網、還有隨身聽，這些都是需要進入山縣家才能取得的東西，你又是如何做到？」

「……鑰匙就藏在玄關旁的盆栽後面。」

「嗯，我聽說了。但好像不知道密碼就拿不出來的樣子。你又是怎麼知道密碼呢？」

「這……」

男子突然口風變緊。

「……不想回答。」

「你為什麼要自稱瀨崎晴哉？」

「……不想回答。」

「你是什麼時候知道順葉綠地裡有那樣的房子？」

「……不想回答。」

「還是不想透露你和山縣先生的關係嗎？」

「……不想回答。」

不知是否另有隱情，還是後悔自己太多話，男子突然閉口不談。明明都已經說了這麼多，乾脆全盤吐實啊！堀搔了搔頭，決定先回一趟辦公室。整理好的情報得向上頭報告，還得安撫山縣泰介的家屬才行，畢竟這起事件快要解決了。就在堀覺得可以暫時鬆一口氣，懷著滿足感準備起身離開時，感受到從旁而來的責難視線。

六浦。

他好像想說什麼。看得出來他極力掩飾情緒，炯炯眼神卻透露他對堀的不滿。

「……怎麼了？」

堀催促地探問，六浦卻蹙眉悄聲回了句「沒事」。

堀當然知道六浦想說什麼。他打從一開始就認為凶手可能不是山縣泰介，而是另有其人。他的不滿不單是針對總是不置可否的堀，也包括搜查本部吧。看吧，我不是早說了嗎？不難想像這句埋怨之詞哽在喉頭，猶豫著要不要說出口。

「這也是沒辦法啊！」

這句話已經是堀的最大讓步，六浦卻似乎不領情。只見他微偏著頭，勉為其難把話吞回肚子裡似地輕輕頷首。堀覺得必須再多幾句解釋才行。

「六浦警官也沒看透事件的全貌，不是嗎？而我只是在能夠掌握的情報中做出最妥當的選擇，這也是沒辦法的事，對吧？」

堀從昨天就很想做這件事，只見他抓揉著六浦的肩頭，悄聲搭話。我們已經盡力了。反正事件已經解決了。這樣不是很好嗎？我們已經很努力了。你想想，還能再怎麼努力呢？

我們，自始至終都沒錯。

六浦總算被說服似地用力吐了一口氣，緩緩點頭。他為自己的失態道歉後，順著堀的話回應：「也對……我們已經盡力了。所以我們沒有犯下稱得上是失誤的失誤。」

堀和六浦離去後，木澤繼續與男子纏鬥。男子雖然坦承犯行，卻拒絕回答一些細節問題。他究竟在隱瞞什麼？有什麼不想被別人知道的事？著實令以木澤為首的搜查員們無法理解。

木澤堅持和凶手纏鬥下去。

「要是你能再多透露一些就太好了。」

木澤微笑地看著男子的雙眼，口氣溫和地說：

「江波戸琢哉先生。」

28 住吉初羽馬

「我之前說得太過分，對不起。真的很謝謝你的幫忙。」

這麼說的櫻遞了一罐溫咖啡給初羽馬。初羽馬接過，低頭行禮說了句：「我也要謝謝你。」兩人並肩坐在大善星港一樓大廳的長椅上，靜靜地啜飲咖啡。

兩人也被帶往警署，做了約兩個小時的筆錄後離開。警方現在光是偵訊山縣泰介和江波戶琢哉就夠忙了。所以要求他們明天再去一趟警署。本來警察要送他們回家，但初羽馬的車子還停在星港的停車場，所以兩人現在才會坐在這裡。

初羽馬雙手捧著溫熱的咖啡罐，問道：

「有些事不太明白，可以問嗎？」

「請說。」

初羽馬把想到的問題逐一問過。面對初羽馬的提問，櫻很有耐心地詳細說明。

我確實帶著菜刀，但不是為了殺人，而是因為急著出門，一時之間除了菜刀，找不到什麼適合的東西當武器；之所以穿著洞洞鞋出門，是因為直接從簷廊那邊出來。我知道自己準備得不夠周全，但除了情況急迫，也是因為有著無法從大門離開的理由。我一心只想比任何人都先找到山縣泰介，帶他去安全的地方。我知道再這樣下去，他肯定有危險，但就算我大聲主張山縣泰介是無辜的，你也不會相信，所以索性謊稱自己是被害人的閨密。

幸好在順葉綠地的廢墟發現山縣泰介。好在沒有引爆，但潑灑了燈油的地板燃起小火苗。後來我和山縣泰介一起奔下山，看到你和凶手在搏鬥。

「櫻的本名不是砂倉紗英嗎？」

「我還想問你，她是誰啊？」

初羽馬對自己的誤解深感難為情，趕緊轉移話題。

「抱歉，我真的不知道你來參加『思考網路交友研討會』是要談談自己的受害經驗，才會讓你有所誤會。我記得你是有慟學長介紹來的，所以我手上沒有你的任何資料……那天也沒讓你好好談談。你經歷過什麼事嗎？」

櫻長嘆一口氣，望向遠方，說：

「小學時，我和一個蘿莉控男子約好碰面。結果我在約定碰面的地方左等右等，他都沒出現，我也就逃過性侵一劫。可是後來警方來我家查訪，這件事被我爸媽知道了。我爸非常生氣，氣到把我關進家裡的倉庫一整晚，要我好好反省……又過了幾天，我爸居然跑到學校，責備校方太失職，自己的女兒差點被壞人性侵，在教職員辦公室大吵大鬧。我爸那種大發雷霆的樣子不太尋常……他就是那種對自己、對別人都很嚴格的人。結果還謠傳我爸在會客室把訓導主任揍昏，不巧那時訓導主任剛好請病假。還說什麼我爸氣成那樣，八成他女兒被性侵了。就算沒被性侵，恐怕也遭遇很慘吧。這種事就這樣在學校傳開了。其實我根本沒被怎麼樣，連人都沒見著。這一連串的打擊害我好幾天沒上學，後來去了學校也因為受不了大家異樣的眼光，只好早退。我到現在還記得我爸那時出差，我和我媽回外祖父母家住。現在想想，沒錯。那就是這起事件的開端。」

「……事件的開端？」

「都是我害的。」

這麼說的櫻拭去眼淚，搖了搖頭。

「不對。正確來說，明明是我錯了，卻一再堅持『我沒錯』才會發生這起事件。」

雖然這番話聽得初羽馬一頭霧水，但也累得沒力氣再追問了。只好硬是裝作理解的樣子，啜著罐裝咖啡。

「當我看到遺忘在 Cken 樣品屋的那封信，我就察覺凶手是他，也大概猜得到他想在

『からにえなくさ』做什麼，所以我才說要趕快來星港。就像我之前說的，第二可惡的是我，第一可惡的怎麼想都是凶手，也就是他。可是啊，以前的他……他比我更……」

櫻難過得說不下去，不停啜泣。

初羽馬喝完咖啡後，又過了二十分鐘，痛哭不已的櫻總算抬起頭。初羽馬想說問一下應該沒關係，遂問了他最在意的一件事。

「對了，你的本名叫什麼？」

「咦？」一臉驚訝的櫻笑了，「我之所以找你幫忙，有三個理由。其中兩個已經在樣品屋那時告訴你，其實最後一個理由是因為你不知道我的本名。不過，你也太遲鈍了。」

「……什麼意思？」

「櫻桃是山形*最出名的夏季水果，也是我的綽號。」

櫻從椅子上站起來，凝視著貼在告示板上的海報，感慨萬千似地瞇起眼，臉上浮現一抹微笑。

「我想看完這個再回去。」

「這個？」

「十年前沒能看到的燈光秀重新上演。等看完這個——」

櫻緩緩閉眼後，再次睜眼看著初羽馬。

「我得向我爸把該說的都說清楚。」

＊譯者注：「山形」和「山縣」的日文發音相同。

29

山縣夏實

夏實離開順葉綠地的廢墟，與江波旦一起下山。

比起來的時候，江波旦明顯頗消沉。夏實擅自猜想他是因為搜索連續性侵女童的犯人而訂立的假設全被推翻，深受打擊。其實江波旦在意的似乎是別的事。

他的滿腔怒火已從犯人轉向夏實的父親。

竟然不分青紅皂白把差點遇害的山縣同學關進倉庫，果然腦子不正常，實在太過分了。一直這麼嘀咕的江波旦尋求夏實的認同，夏實也單純地為有人站在自己這邊而欣喜。果然不是我的錯，對，就是這樣。

江波旦又說了一堆對於夏實父親的質疑與憤怒後，深深嘆氣。

「我可以問一個問題嗎？」

「什麼問題？」

「山縣同學為什麼要假冒你爸玩X呢？你說是為了證明自己沒有錯，那又是什麼意思呢？」

這天，夏實初次露出笑容，決定將自己籌謀的驚喜告訴江波旦。

「我想讓我爸高興一下。」

「……讓他高興？」

「嗯。」

夏實點點頭，微笑著。

「雖然我這次在網路上約別人碰面差點出事，可是我不覺得上網是一件不好的事，所以我想讓我爸知道，善用網路交友是多麼棒的體驗，這樣他就會向我道歉囉。對我說：『對不起，是我誤會了。』」

「這和假冒你爸玩X有什麼關係？」

「我想幫他交一些也喜歡打高爾夫的朋友。」

父親在家話不多，所以夏實不曉得他在想什麼？想要什麼？討厭什麼？但她確定父親很想要一個東西。

那就是高爾夫同好。夏實見過好幾次因為臨時有人爽約，父親急著打電話找人替補的模樣。難得在教學觀摩日露面的父親，還會笑著邀請同學的爸爸下次一起去打高爾夫。他一定很渴望結交一起打高爾夫的同好。

透過興趣讓素昧平生的人們交流——這就是社群平台的功用，也是網路存在的意義。

「所以我假冒我爸，想幫他結交很多同好。等到哪天我爸想打球，我就介紹朋友給他認識。他一定很開心，也會明白原來透過網路交友是這麼有趣的事，這樣他就會發現自己錯了，明白我並沒做錯什麼。」

夏實只想像光明未來。一切都會照著自己所想的進行，大家都會過得很幸福，理解我並沒做錯什麼。從此，她每天都用那個帳號更新推文。

兩人快走到萬葉町附近時，這次換夏實詢問江波旦。

「我也可以問你一個問題嗎？」

確定江波旦首肯後，夏實問了自己一直很在意的事。

「剛剛在我家上網時，你說『大家都在講同一件事』，那是什麼意思？是說大家的意見都一樣嗎？」

「哦哦，那個啊——」

在夏實家那時，江波旦除了上網搜尋關於「からにえなくさ」的情報，還試著輸入「唐贊な草」這詞，也查了一下大善星港的相關資料，看能不能找到什麼有用情報，結果

當然是一無所獲。江波旦也順便搜尋了夏實捲入的那起連續性侵女童事件的相關報導和評論。父母在幹麼啊？小孩子上網時，當然要特別注意啊！像我們家就有訂立上網規則。犯人不可原諒。趕緊抓到，立刻閹了判死刑吧。戀童癖都是些心術不正的傢伙，沒什麼好說的，直接抓起來就對了。網路本來就該採實名制，匿名貼文就該刪除。

江波旦接觸到各種情報，從極端論述到一般看法，但仔細看，很空泛。他看透所有情報都源自一個單純的動機，只有一個意見罷了。

「大家只會說『我沒錯』。」

江波旦的話像一顆小彈珠，在夏實的腦子裡留下異物感。

「『我沒錯，只有我的價值觀是對的』，網路上只存在這種言論。所以我絕對不能讓自己成為這種人，這些人真的很沒品。我一定要提醒自己絕對不要變成這種人。」

江波旦眼中的風景遠比我看到的來得高尚成熟吧。莫名覺得這番話好酷的夏實決定支持他。太難的事情我不懂，但要是江波戶的話，不，要是江波旦的話，絕對沒問題。夏實說出這番話時，江波旦竟然有點詫異地笑著說：

「你叫我江波旦？那我可以叫你櫻桃嗎？」

夏實笑了。江波旦有點難為情地笑著說：「還是算了。」

「謝謝，」夏實回想今天一整天的事，再次向江波旦道謝，「如果江波戶遇到困難，下次換我幫你囉。就像這個——」

這麼說的夏實想要掏出那枚徽章，卻發現徽章遺落在「からにえなくさ」。短暫的沉默讓夏實覺得尷尬，趕緊解釋一番後說：

「就像那個正義的徽章囉。」

無論發生什麼事，我都會挺你。夏實微笑著，她相信即使不說出口，《雷霆翡翠》的台詞也會在江波旦的心中迴響吧。

江波旦害羞地笑著，似乎接收到夏實給他的訊息。眺望著萬葉町連棟民宅的江波旦說，自己總有一天也要蓋很多這麼漂亮的家，再次聊起自己想成為建築師的夢想。總有一天，我也要幫山縣同學家蓋房子，我會好好念書，努力成為一流建築師。

我週一還能去學校嗎？那些討厭的謠言是不是還在流傳呢？對於眼前有許多惱人問題的夏實來說，愉快說著將來夢想的江波旦看起來是那麼值得信賴。

我爸在建設公司上班，要是有一天能和江波旦一起蓋房子就好了——之所以話到嘴邊又吞了回去，是因為夏實的父親就站在她面前。

他出差回來了。

泰介果然很生氣。不是因為之前的事還沒釋懷，而是夏實瞞著外公外婆和母親，偷偷離家。大家都很擔心，你到底在想什麼啊？夏實知道父親的口氣雖然嚴厲，但考量江波旦在旁邊，所以稍微收斂些。夏實有很多話想對父親說，所以此刻不能起衝突，就在她打算道歉、乞求原諒時，發現一旁的江波旦氣到發抖。

「那、那個……」

夏實不明白江波旦為何生氣，但隨即察覺他的怒氣是衝著泰介。你怎麼可以把山縣同學關進倉庫一整晚！實在太差勁了！這種行為不可原諒。江波旦覺得說出這般言詞或許能替夏實解圍，但想歸想，對小學五年級的孩子來說，頂撞別人的爸爸可是要有很大勇氣。

泰介察覺站在夏實身旁的孩子似乎想說什麼，遂看向他。光是看著，成年男人散發的威嚴感就讓人備感壓力，加上身高差距，泰介看起來像在瞪著江波旦。

夏實深切感受到江波旦努力想捍衛正義的決心。無奈江波旦的決心終究敵不過泰介的眼神，只見欲言又止的他默默流淚，或許是懊惱自己沒用吧。江波旦的右手緊握著別在胸前的翡翠雷霆徽章。

泰介似乎也很煩惱該如何對待江波旦。你帶著我女兒亂跑，到底想幹麼？本想訓斥一頓，但事情還沒弄清楚，又礙於是別人家的孩子，實在很難開口責備。結果，猶豫許久的泰介迸出一句：

「你想說什麼？」

江波旦抹去淚水，聲音顫抖地回應：

「我……我覺得很過分。」

泰介當然不可能理解啜泣不已的江波旦為何吐出這句話，但他似乎覺得有必要知道這孩子是誰，遂問了對方的名字。此刻江波旦的內心有何糾葛，夏實也不是很清楚。在女孩子面前哭泣實在很丟臉，面對惡人卻沒勇氣採取任何行動的懊惱，加上不敢說出本名的猶豫與恐懼，各種情緒混雜的結果促使江波旦決定撒謊，脫口而出的是懲惡揚善、堅守自我信念的少年漫畫主角名字。

「……瀨崎晴哉。」

泰介要謎樣的瀨崎少年趕快回家後，帶著夏實離去。不久，夏實從泰介口中得知那個連續性侵女童的歹徒被捕，但江波旦一臉懊惱地目送泰介離去的身影烙印在她腦子裡，揮之不去。

即時搜尋關鍵字：無辜

十二月十七日，晚間七點五十二分
過去六小時，共三一五六六則推文

板東@企劃 main@obando_bandou5y
沒錯，本名和照片都被曝光的人很無辜，所以散播謠言的人應該負責啊！那些刪帳號跑掉的傢伙想得美，絕對逃不掉啦！這些吃飽飯、撐著沒事幹的垃圾就該抓去關。
↓引用推文：【真報新聞網】大善市女大生連續絞殺事件，凶手落網「不可原諒」

正仁 @masahito3040

看到很多人在罵散播謠言的人，可是那個假消息實在搞得太逼真了。其實我們也是假消息的受害者，所以該負責的是沒有馬上為無辜的人闢謠的媒體與警方。

↓引用推文：【線上日電新報】大善市凶殺案，凶手是在工務店工作的二十幾歲男子

pachyanium@pachyanium2001

欸？只有我打從一開始就相信那個大叔絕對是無辜的嗎？難不成像我這樣的人是異類？

↓引用推文：【真報新聞網】大善市女大生連續絞殺事件，凶手落網「不可原諒」

肉桂 @cmn_monmonVV

無辜被冤枉的山縣先生實在太可憐了。還有很多人飽受網路謠言之苦，我以前也有類似遭遇，真的很痛苦。那些散播謠言的人應該要徹底反省。

↓引用推文：【真報新聞網】大善市女大生連續絞殺事件，凶手落網「不可原諒」

30 山縣泰介

泰介清楚感受到警方的偵訊不再那麼咄咄逼人。果真像夏實說的，那個一起被抓進警署的年輕人就是凶手嗎？這時的泰介還搞不清楚真相為何，只知道自己終於得救了。可以想像未來是光明的。

當安心感緩解了緊張情緒，最先意識到的是再也無法忍受的右腳踝痛楚。本想說稍微伸展一下可能會好些，但隨著時間流逝，疼痛加劇。泰介表明自己的腳受傷了。警方迅速請來醫師診治。因為疑似骨折，泰介隨即被送往市內綜合醫院。

果然骨折了。

腳踝與中趾骨裂開。中趾骨是因為跑了太多路而損傷，腳踝極可能是遭受劇烈撞擊所致。泰介心裡有數，卻沒力氣聽醫師說明。只要打上石膏就能返家休養，此刻的他只想趕快好好睡覺。

得先跟家裡聯絡才行。泰介當然有此念頭，但現在最重要的是讓累癱的身體好好休息，所以他決定住一晚病房，畢竟一時之間也不曉得要怎麼面對家人。

隔天一早，泰介回復自由身。

不必再被偵訊，腳傷也已治療。打開病房的電視，映入眼簾的是逮捕嫌犯江波戶琢哉的新聞，沒有任何關於自己的情報，總算含冤昭雪，重獲自由。雖然還得配合警方那邊做筆錄，但在這之前可以隨意行動，泰介能想到的只有上班一事。

泰介以為見到妻子會相擁而泣，沒想到見面時，卻是難以言喻的尷尬。對不起、謝謝、給你添麻煩了。泰介思索著哪一句才是正確答案，卻又覺得都是些說不出口的場面話。芙由子大概也是同樣情形吧。身心還不習慣一下子重返日常的差異感。芙由子把換洗衣物放在病房、隨即去結算醫藥費，她的背影看起來就像在逃離泰介的樣子。

早上十一點，泰介換上西裝，坐上芙由子駕駛的車子。下班時記得打電話給我，我今天不必打工，可以來接你。夏實早上去補習，之後還得去一趟大善警署。她說等你回家後有事要跟你說，希望你今天能早點下班。我也有話要跟你說。

聽到妻子的交代，回了句「知道了」的泰介拄著枴杖站在公司大樓前。

玄關沒有聚集大批媒體，等待走進二樓辦公室的泰介是來自同事們的賠罪。

氣氛和昨天完全不一樣，泰介一進辦公室，所有人都向他深深鞠躬，還附上一句他聽過最大聲的「歡迎回來」，同時響起如雷掌聲。自尊心高的分社長雖沒親口道歉，卻默默地頻頻頷首，拍了好幾下泰介的肩膀，接著是全體課長對冤枉泰介一事致歉。

別這樣！我罪孽深重，是個活該遭遇那種事的蠢貨。

泰介惶恐地接受四五個人的道歉，直到二十幾歲年輕同事向他搭話時，他的心情有了改變。

「沒能幫上忙，真的很抱歉。要是我的話，肯定被小咖 YouTuber 暴打一頓就結束了。山縣部長始終不放棄的精神令人敬佩。」

「今天早上的新聞有報導山縣部長移動的距離，實在太驚人了。以前還很不屑您說什麼氣勢、毅力的，現在的我只覺得很羞愧。您真的很厲害，今後還請多多指導。」

「之前居然懷疑您，對不起。真的很佩服您身處逆境，還是不放棄的精神。您真的很厲害。」

這些話瞬間修補了泰介心中的裂痕。他想起來了。自己是大帝建設大善分社的業務部長，身穿西裝，帶領一群部屬，是不折不扣的白領菁英。受過良好教育，任職大公司，擔任要職，還領高薪，是社會不可或缺的人才。泰介那枯萎的心莖充分汲取養分，再次生長茁壯。

沒錯，就是這樣啊！

泰介不禁覺得幾小時前的自己很可笑。我幹麼那麼卑躬屈膝呢？想想，又有幾個人被逼到那般窘境還能順利脫逃？要是我的話，肯定被小咖 YouTuber 暴打一頓——沒錯，就是這樣啊！懶得運動的年輕人可沒有我這等能耐。俗話說「人窮志短」，果然被逼到絕境的人就是會胡思亂想。為什麼遭受迫害的我還要向別人道歉啊！

「部長實在太厲害了。可以說說是怎麼逃脫的嗎？」

被野井這麼一問，泰介更是忍不住了。要從哪裡說起呢？泰介回想逃亡過程。哪裡是最精彩的看點？是棄車後一路逃到小酒吧嗎？還是選擇藏青色西裝外套，而不是老虎圖案夾克的卓越判斷力？抑或是用高爾夫球標來個聲東擊西之計，順利逃出 YouTuber 的魔掌？不，應該是從六公尺高的峭壁成功垂降到 Cken 樣品屋區吧。

到底該說哪一段英勇事蹟呢？

泰介微笑思索著，有個人走到身旁，原來是獨棟住宅部門的年輕同事。只見他向野井低頭，怯怯地說：

「對不起，您交代下午要的資料還是沒找到……」

泰介馬上想起兩天前的事，就是這個年輕同事弄丟重要資料。這下子多少壞了泰介本想高談闊論英勇事蹟的興致，很想罵他幾句。你到底是怎麼管理資料？老是弄不見東西，叫人家怎麼信任你啊！沒想到野井比泰介先動怒。

「真是敗給你了……到底收到哪裡去了？」

「我有放進紙箱，收得好好的。」

「紙箱？」

「是的。後面倉庫有很多等著處理掉的 Cken 紙箱，我就利用紙箱來管理資料。本來想申請文件資料夾，可是想起部長要我們珍惜資源，就想說用紙箱來整理資料。明明紙箱放在桌上等著依區域來分類整理——」

紙箱卻不見了。

泰介聽完後心情很差，不自覺地將重心從左腳移至受傷的右腳，瞬間痛得像被電到似地，趕緊把重心移回左腳。

要是當場臭罵他一頓會怎麼樣？泰介想了想，馬上察覺不會怎麼樣。因為沒人知道，沒人知道是泰介以嚴厲口氣交代清潔人員，把 Cken 的紙箱全都處理掉。

所以，我該怎麼辦？我能做什麼？就在右腳又感到一陣痛楚時，泰介拍了拍野井的肩膀。

「抱歉，野井。應該是我的錯。」

這句話脫口而出的瞬間，辦公室內像是靜止般鴉雀無聲，眾人無不露出驚訝、狐疑的眼神看著泰介，可能想說他怎麼變了一個人吧。泰介覺得即使如此，也不能打哈哈地敷衍過去。

「有件事必須告訴大家，方便給點時間聽我說嗎？」

泰介追溯著十年前在自家倉庫時的記憶。對不起、原諒我。泰介把痛哭流涕的女兒關進倉庫，還上了鎖。堅信這是管教的他，其實面對突如其來的意外比誰都還要混亂、不知所措。是誰的錯？是女兒的錯，是沒管教好女兒的妻子的錯，沒有教導學生正確使用網路的學校也有錯，我要去控訴！

泰介緩緩閉眼，重心移到右腳，提醒自己別忘了這痛楚。

泰介邊向分社長、部屬們說出這件事，邊思考今後的事。就照芙由子說的，今天盡量早點下班吧。然後把該說的都說清楚，要向芙由子、夏實，說出十年——不對，芙由子的話，應該是超過二十年沒說的話。

不由得微笑的泰介再次環視眾人。

「最後，」他總結，「有沒有精通網路的……尤其是年輕同事——」

泰介不驕不矜，由衷地說出願望。

「可以教我如何上網？」

＊　＊　＊

想像瞬間可能發生大爆炸，但按下扳機的一刻，只有點火器前端出現小火苗。雖然不想死，但自暴自棄地希望一切就此落幕。夠了。全都結束吧。泰介再次按下扳機，但試了三次還是沒有引爆。

還是得用這個嗎？

泰介拿起擺在紙條旁的溼毛巾，嗅聞後確定潑在毛巾上面的是燈油。於是，他把毛巾湊近點火器前端，試著按下扳機。

「爸爸！」

聲音越來越大，但不是小屋爆炸的聲音，而是夏實用身體拚命撞開門。拉門整個倒下，外頭吹進來的風捲起地板上的灰塵。泰介震驚不已的同時，左手感覺到不尋常的熱度。毛巾燒起來了。他反射性甩掉毛巾，毛巾落下的地方旋即竄起火舌。

極度疲勞與混亂的泰介事不關己似地望著周遭熊熊燃燒的火焰。我的命就這樣結束嗎？感覺這樣也不錯。不，應該是自己的人生注定要迎來這樣的結局，不是嗎？萬念俱灰的泰介看到夏實拚命滅火的樣子總算回神，卻又對自己竟然懷疑女兒是凶手一事深感可笑又羞愧。

夏實拚命用屋子裡的布品和身上的衣服來滅火，眼見火勢實在止不住的她抓著泰介的手，準備逃命。夏實可能想到要是凶手的犯罪證據全都燒光就不妙了，趕緊抓起紙條與徽章，環顧四周，看看有什麼必須帶走的東西，無奈屋內黑煙瀰漫。

被夏實硬拉到屋外的泰介想起櫃子裡藏著第三具屍體，但火勢太大不能再折返。黑煙已成了衝向天際的巨大煙柱，熊熊烈焰讓人暫時忘了現在是寒冬。

「果然都是……」

夏實看著手上的徽章與紙條，喃喃自語。忽然想起什麼似地掏出手機打電話。泰介不曉得她打電話給誰，只知道夏實要對方趕緊前往星港，還說凶手就在那裡。凶手是與夏實同年的男性，但因為許久未見，不清楚他現在的長相，不過個子應該不高。夏實要對方找到凶手後儘量攔住他，最後說了句「我會盡快趕過去」便掛斷電話，一臉焦急地看著泰介。

「快開車！」

在Cken的公司車上，夏實說她得為這一連串事件負責。泰介聽不懂夏實在說什麼，但他想告訴女兒沒這回事、自己也有責任，結果話到嘴邊又被難為情與自尊心給擋了回去。在夏實不斷催促下，車子超速飛馳著。身心已達極限狀態的泰介只能不斷提醒自己小心開車，別出車禍，無法再琢磨用詞了。

「凶手是為了讓我知道才故意留下幾個訊息。」

沒力氣細問的泰介瞅了一眼副駕駛座，瞥見夏實瞅著從屋子裡帶出來的徽章，旋即感慨萬千又有點憤恨似地瞇起眼。就在車子即將抵達星港時，夏實深嘆一口氣，說：

「爸，這給你。」

泰介沒看向副駕駛座，但知道夏實遞給他的是那枚徽章。

「為什麼？」他只悄聲問了這句。

「有了這個就能證明自己不是壞人，騙小孩用的就是了。」

泰介懶得找理由拒絕，伸出左手接過。瞧見星港停車場的指示牌，沒打燈就直接左轉。好歹星港也算是觀光景點，卻從沒見這裡熱鬧過。泰介把車子停在空蕩蕩的停車場裡最方便的位置，趕緊熄火。就在他準備下車衝向入口時，夏實早一步打開車門衝出去。

「爸！」

夏實挺直背脊，向泰介謝罪似地深深一鞠躬。

「真的很對不起，我會負起全責的。爸，你在這裡等我。」

泰介握著方向盤，怔怔地望著夏實的背影。怎麼可能聽女兒的話，在這裡等她回來。但事情來得太突然，泰介一時反應不過來。短短幾秒，腦子裡流逝著好幾年的時光。

泰介自己都很驚訝，最先想起的居然是和芙由子的初次見面。他被當時任職於大帝建設町田分店，膚色白皙的女職員吸引，遂邀約他一起吃頓飯。兩人交往了三年又兩個月，泰介求婚，攜手共度新生活，不久夏實就出生了；雖然女兒呱呱墜地那刻，泰介還沒意識到自己當爸爸了。但在他心中有著達成目標的成就感，湧起一種人生總算圓滿的感慨，這個家終於完整了。

為什麼會想起這種事？無須苦思，泰介自己再明白不過了。所有的路都是通往今日的宏大因果。泰介望著說自己會負全責的夏實背影，忍不住咬牙。

說什麼讓人傷腦筋的傻話啊！

泰介衝下車，一心想追上夏實。

倘若真的如夏實所言，這起事件都要歸咎於她，泰介一點錯也沒有，分明就是受害者；即便如此，也是人生中的每個選擇引導泰介走到今日。今天這起事件究竟是從何時開始？昨天？十年前？還是更早？找藉口方便到令人悲哀，只要說句「不是我」就行了。只求自己好過，大可推卸責任；但要是連這種程度的責任都擔不起，還配為人父嗎？連自己親生女兒闖的禍都扛不住，今後還能抬頭挺胸地活下去嗎？

泰介一跑才發現自己的體力已經無法負荷，就連人行道地磚的高低差也跨不過，扭傷的腳踝讓他痛得想大叫，整個人趴倒在地上。是哪個笨蛋鋪這麼難走的地磚啊？如此緊急時刻，腦子裡還閃過這種話，泰介不由得笑出來。

他立刻起身，無視腳骨折一事，奮力往前跑。

然後，扔掉左手握著的徽章。

朝著停車場的草叢，瞄準人手搆不到的地方，用力一扔。

線上
讀者回函

采實文化　文字森林 READING FOREST

匿名在螢幕之後，大肆張貼憤怒與嘲諷，彰顯優越與正義感，「網路炎上」已成為日常，因為與自己無關。但如果有天你被炎上，甚至攸關人命，你會怎麼做？

——《奪命炎上》

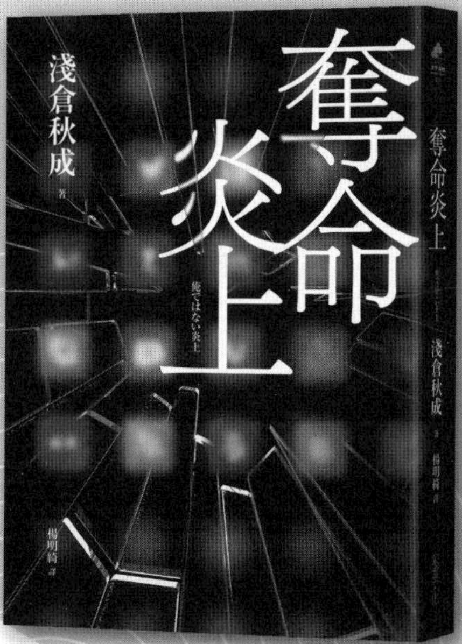

https://bit.ly/37oKZEa

立即掃描QR Code或輸入上方網址，
連結采實文化線上讀者回函，
歡迎跟我們分享本書的任何心得與建議。
未來會不定期寄送書訊、活動消息，
並有機會免費參加抽獎活動。采實文化感謝您的支持 ☺

文字森林
READING FOREST
文字森林系列 038

奪命炎上

俺ではない炎上

作　　　者　淺倉秋成
譯　　　者　楊明綺
封 面 設 計　鄭婷之
內 文 排 版　許貴華
主　　　編　陳如翎
出版二部總編輯　林俊安

出　版　者　采實文化事業股份有限公司
業 務 發 行　張世明・林踏欣・林坤蓉・王貞玉
國 際 版 權　施維真・劉靜茹
印 務 採 購　曾玉霞・莊玉鳳
會 計 行 政　李韶婉・許俽瑀・張婕莛
法 律 顧 問　第一國際法律事務所　余淑杏律師
電 子 信 箱　acme@acmebook.com.tw
采 實 官 網　www.acmebook.com.tw
采 實 臉 書　www.facebook.com/acmebook01

I S B N　978-626-349-649-1
定　　　價　430 元
初 版 一 刷　2024 年 5 月
劃 撥 帳 號　50148859
劃 撥 戶 名　采實文化事業股份有限公司
104 台北市中山區南京東路二段 95 號 9 樓
電話：(02)2511-9798
傳真：(02)2571-3298

國家圖書館出版品預行編目資料

奪命炎上 / 淺倉秋成著 ; 楊明綺譯 . -- 初版 . – 台北市 : 采實文化事業股份有限公司 , 2024.05
344 面 ; 14.8×21 公分 . -- (文字森林系列 ; 38)
譯自 : 俺ではない炎上
ISBN 978-626-349-649-1(平裝)

861.57　　113004590

文字森林
READING FOREST

文字森林
READING FOREST